DES TEUFELS CHAMPION

von

AKIF TURAN

Impressum

Bibliografische Information der Deutschen
Nationalbibliothek: Die Deutsche Nationalbibliothek
verzeichnet diese Publikation in der Deutschen
Nationalbibliografie; detaillierte bibliografische Daten sind
im Internet über dnb.dnb.de abrufbar.

© 2021 Akif Turan
Herstellung und Verlag: BoD – Books on Demand,
Norderstedt
ISBN: 978-3-7534-6453-4

Manchmal muss man das Falsche tun, um das Richtige zu erreichen.

Akif Turan

KAPITEL 1

TAP OUT

Wien, die Bundeshauptstadt von Österreich. Diese Stadt hatte schon immer etwas magisches an sich. Egal zu welcher Jahreszeit, Wien war und ist stets begehrenswert. Besonders im Sommer, wenn die Temperaturen zwischen 25 und 30 Grad Celsius liegen und die herrliche Sonne vom wolkenlosen Himmelsfeld ihre warmen Strahlen auf die Menschen wirft, kann man, spätestens dann, süchtig nach dieser Stadt werden. Nicht ohne Grund ist die Stadt Wien, besonders im Sommer, das Urlaubsziel von Tausenden von Menschen aus aller Welt.

Zu dieser Zeit wird Wien noch bunter, einfach farbenfroher, sobald die Urlaubsgäste sie besuchen kommen.

Denn Wien war schon immer eine kunterbunte Stadt. All die Bürgerinnen und Bürger mit ihren durchgemischtem Migrationshintergrund, sorgten bereits dafür, dass Wien eine bunte Stadt bleibt.

Man lebte in Harmonie miteinander. Sowohl die österreichischen Bürgerinnen und Bürger als auch ihre Dauergäste aus dem Ausland, lebten seit Jahren zusammen und kamen überaus gut miteinander aus.

Auch all die Jenen, die sich dazu entschlossen hatten, den Rest ihres Lebens in ihrer neuen Heimat zu verbringen, schafften es sich in kürzester Zeit zu integrieren und beherrschten die deutsche Sprache fast so gut wie die, die bereits seit mehreren Jahren Österreich als ihre Heimat bezeichneten.

Zudem sorgten all die Läden und Märkte, die ausländischer Herkunft waren, in der gesamten Stadt, für eine sehr exotische Stimmung.

Sie bereicherten allesamt die Stadt und auch der Wirtschaft

kam es zugute.

Auch hinsichtlich der verschiedenen Religionsbekenntnisse, gab es keinerlei Probleme. Jeder respektierte den Glauben des anderen. Selbst die Atheisten zeigten gegenüber den Gläubigern Respekt und Verständnis und genauso wurden auch sie respektiert und verstanden.

Es war schön zu erleben, dass Menschen, mit oder ohne Glauben, so gut miteinander auskommen und sich über all diese Themen, ohne Beleidigungen und Beschimpfungen, unterhalten konnten. Man hörte sich gegenseitig zu und gab sich gegenseitige Ratschläge und half einander.

In Wien wusste man seine Meinung zu äußern, ohne dabei den anderen zu verurteilen oder ihm deswegen Vorwürfe oder dergleichen zu machen.

Und genau deswegen, funktionierte das Zusammenleben auch so gut.

Österreich ist eben nunmal ein Land, in der man es gelernt hat, egal welcher Herkunft man gewesen war, egal welcher Religion man angehörte, egal welche Sexuelle Orientierung man hatte, egal ob man Vegetarier, Veganer oder Allesfresser war, nie jemanden für eines dieser Punkte zu verurteilen oder zu verachten.

Und auch im Sozialen Bereich war Wien beziehungsweise ganz Österreich nicht zu übertrumpfen.

Österreich gehörte zu einem der wenigsten Länder auf der Welt, in denen es kaum Obdachlose gegeben hatte.

Es wurde stets für alles gesorgt und auch sämtliche Bedürftige wurden sehr gut versorgt.

Sie hatten alle einen festen Dach über ihren Köpfen und keiner musste hungern oder wurde medizinisch vernachlässigt.

Auch der Arbeitsmarkt boomte und war fast schon am Explodieren.

Kaum Arbeitslose konnten in ganz Österreich verzeichnet werden.

Jeder arbeitete hart und so gut sie konnten und jeder von ihnen zahlte fleißig ihre Steuern.

Und auch die Verbrechensrate sank von Jahr zu Jahr immer mehr und es bestanden keine Gefahren bezüglich der Sicherheit der Bürgerinnen und Bürger.

Das Innenministerium beziehungsweise die Polizei, leistete hervorragende Arbeit im öffentlichen Sicherheitsdienst und sorgte stets für das Wohlergehen ihres Volkes.

So wurde Österreich, auf der ganzen Welt, umso beliebter und einige der anderen Länder, nahmen die Republik Österreich sogar als Beispiel und Vorzeigeland und machten es ihr nach, indem deren Völker genauso offen und respektvoll miteinander umgingen, wie eben im vielgerühmten Österreich.

So war Wien also. Eine beliebte multikulturelle Stadt.

Eine Stadt, die ebenso auch sehr viel Wert an Kunst und Kultur legte und auch ihre eigene historische Vergangenheit, selbst in der modernen Zeit, zu pflegen wusste.

So konnte man, überall in der Stadt, vor allem in der Inneren Stadt, viele antike Bauten und Denkmäler bewundern, die zumeist unter Denkmalschutz standen.

Und sie war ebenso die Heimat von vielen prominenten Persönlichkeiten wie zum Beispiel vom 1998 verstorbenem Wiener Popstar Falco, der mit dem bürgerlichen Namen Hans Hölzl hieß, vom Theater-Schriftsteller Johann Nestroy sowie von seinem Namensvetter und dem Komponisten des Donauwalzers Johann Strauss, vom Städteplaner und Architekten Otto Wagner, vom Maler Gustav Klimt, vom Komponisten Franz Schubert und vom Salzburger Komponisten Wolfgang Amadeus Mozart.

Der Vater der Psychoanalyse Sigmund Freud lebte ganze 47

Jahre lang im 9. Wiener Gemeindebezirk. Für Ludwig van Beethoven war Wien 35 Jahre lang der Lebensmittelpunkt und obwohl Johann Wolfgang von Goethe ein Denkmal in Wien hat, besuchte er zwar niemals diese großartige Stadt, aber dafür pflegte er freundschaftliche Beziehungen zu sehr vielen Wiener Persönlichkeiten.

Viele großartige Menschen hatte also die Stadt Wien hervorgebracht von deren Werken und Diensten die ganze Welt profitieren konnte.

Und es sah so aus, als ob Wien diesmal einen großen Kampfsportler hervorbringen würde.

Zumindest war dies der persönliche Wunsch von Barlas Aykan.

Er war ein dreiundzwanzig Jähriger Kampfsportler, der sich zum Ziel gesetzt hatte, eines Tages am UFC, dem Ultimate Fighting Championship, teilzunehmen um so der nächste MMA Champion zu werden.

Mixed Martial Arts hatte ihn schon seit seiner Kindheit interessiert.

Er ließ sich keinen einzigen Kampffilm entgehen und versuchte jedes Mal, genau die Kampfposen und Kampftechniken anzuwenden, die er von den Schauspielern gesehen hatte.

Barlas fieberte jedes Mal vor dem Fernseher mit und konnte sich daher die Filme nie in Ruhe ansehen. Es war so, als würde er direkt in den Filme mitspielen. Seinen Freunden in der Schule konnte er daher von Zeit zu Zeit auf die Nerven gehen, weil er ihnen in den Pausen ständig etwas vorführte und sogar einige von ihnen auswählte, die seine Gegner darstellen sollten, die er dann, ganz heldenhaft, einen nach dem anderen zu Boden warf.

Er lebte sie. Er lebte die Filme.

Noch heute sieht er sich gerne die verschiedensten Kampffilme an. Angefangen vom legendären Bruce Lee über Chuck Norris bis hin zu Steven Seagal, Jackie Chan, Jet Li, Donnie Jen, Tony Jaa, Sammo Hung, Jean-Claude Van Damme, Scott Adkins, Jason Statham und viele weitere.

Natürlich ließ er sich ebenso keine UFC Kämpfe, insbesondere die vom ungeschlagenen Champion Khabib Nurmagomedov, entgehen.

Er war sein größter Held.

Khabib Nurmagomedov.

Der Champion, der von 29 Kämpfen alle gewonnen hatte.

Keine einzige Niederlage. Das musste ihm einmal einer nach-machen.

Er war der Bruce Lee des MMA.

Der ungeschlagene UFC-Weltmeister.

Sie alle inspirieren ihn und noch heute versucht er sich ihre Kampftechniken anzueignen um sich eines Tages auch einen großen Namen zu machen und in die Fußstapfen von Khabib Nurmagomedov zu treten.

Daher war es kein Wunder, dass er sich in Zukunft dazu ent-schließen würde, Kampfsport zu betreiben.

Sein größter Idol hatte zwar seine Profi-Karriere beendet, aber die von Barlas sollte erst anfangen.

So hatte er sich für MMA, Mixed Martial Arts, entschieden und trainierte seither täglich unermüdlich zwei Stunden im Kampfsportverein genannt Iron Fist Gym Vienna im zwölften Wiener Gemeindebezirk.

Gleich zu Beginn hatte er seinem Trainer bekanntgegeben, dass er bei Turnieren auftreten und sich mit anderen Kämpfern messen möchte.

So wurde er von seinem Trainer, vom ersten Tag an, auf die vielen Turniere, unter anderem auch für die Vendetta-Austrian Fight Nights, trainiert und vorbereitet.

Dort traten die besten der besten auf. Die härtesten der härtesten.

Wenn man es geschafft hatte, sich dort einen Namen zu machen, dann hatte man es auch tatsächlich geschafft und der Karriere als Profi-Kämpfer würde nichts mehr im Wege stehen. Dadurch würde sich auch der Weg bis ganz nach oben, bis zu den UFC, freimachen.

Und davon träumte Barlas Aykan schon seit seiner Kindheit.

Daher trainierte er mit jedem Tag immer etwas härter und sein Trainer konnte das Feuer in seinen Augen sehen und die Leidenschaft in seinem Herzen spüren.

Das erfüllte ihn mit Stolz und bereitete ihm als Trainer große Freude.

Doch diese Freude sollte nicht von langer Dauer werden.

Denn, obwohl sich Barlas sehr anstrengte, konnte er die Erwartungen seines Trainers nicht erfüllen.

Daher fand er, dass Barlas womöglich etwas länger als gedacht brauchen würde um bei Turnieren teilnehmen und überhaupt mithalten zu können.

Seine Performance ließ leider ein wenig zu wünschen übrig.

Dies hatte er auch Barlas gesagt und ihm zu verstehen gegeben, dass er etwas länger und intensiver trainieren müsste, um überhaupt eine Chance im Ring haben zu können.

Barlas ließ sich davon nicht entmutigen. Ganz im Gegenteil.

Er nahm die Meinung seines Trainers zu Herzen und versuchte umso besser zu werden.

Und er musste sich damit beeilen, da in wenigen Wochen, das nächste Turnier beginnen würde.

Barlas wollte unbedingt dabei sein. Doch dafür müsste er zuerst fit genug sein.

Er trainierte so hart, sodass er von seinem eigenen Schweiß zu ertrinken drohte. Jedes Mal, wenn das Training vorüber war, sah Barlas aus, als wäre er frisch aus dem Schwimmbecken herausgekommen.

Barlas gab eben alles.

Er befolgte, ganz diszipliniert, sämtliche Anweisungen seines Trainers und strengte sich immer mehr an um sich die diversen Kampftechniken, so schnell wie möglich, anzueignen.

Meistens trainierte er alleine mit seinem Trainer, damit er sich auf das Turnier konzentrieren und nicht abgelenkt werden konnte.

Doch hin und wieder kam es vor, dass er auch mal in einer Gruppe, mit anderen Teilnehmerinnen und Teilnehmern, trainierte.

Das war wichtig, da er so die Chance hatte, mit verschiedenen Kämpfern zu trainieren und sich dadurch besser zu entwickeln.

Doch auch die anderen erkannten schnell, dass Barlas eigentlich kein Talent für diese Sportart hatte.

Zumindest nicht genug um bei Turnieren teilnehmen zu können.

Und einer, und das war ein sehr gemeiner, der auf den Namen Luuk van Beek hörte und gebürtiger Holländer war, wollte es sich nicht länger verkneifen und stellte somit Barlas vor allen anderen bloß in dem er, auf eine sehr provozierende Art und Weise, verspottete:

>>*Und der möchte bei Vendetta mitmachen? Selbst mein Neffe könnte ihn zusammenschlagen und der ist erst vier.*<<

Jeder in der Halle fing sofort zu lachen an und diejenigen, die zu erschöpft dazu waren, brachten gerade mal nur ein Kichern hervor.

Selbst der Trainer konnte sich einen leichten Grinser nicht verkneifen.

Barlas, dem das alles viel zu unangenehm geworden war, setzte ein finsteres Gesicht auf. Die Wut kochte in ihm, nein, sie brodelte wie Nudeln im kochenden Wasser, das fast schon am Überlaufen war, oder wie eine Teekanne, die einen gewaltigen Dampf aus sich herausließ und dabei ganz laut pfiff, während er Luuk böse Blicke zuwarf.

Luuk, der sich davon nicht einschüchtern ließ, setzte sogar noch einen drauf:

>>*Der Typ ist kein Kämpfer. Er ist höchstens ein Boxdummy auf den richtige Kämpfer einschlagen und boxen, wenn sie trainieren.*<<

Jetzt wurde das Gelächter noch lauter und hallte in der gesamten Halle.

Jetzt war es dann auch schon soweit. Jetzt lief das kochende Nudelwasser über. Jetzt flog der Deckel der Teekanne hoch in die Luft.

Jetzt war Barlas so richtig verärgert gewesen und stürmte mit all seiner Wut und Aggression direkt auf Luuk zu, packte ihn am Unterkörper, warf ihn zu Boden und fing an auf ihn einzuschlagen.

Doch Luuk konnte die Schläge von Barlas sehr gut abwehren und konnte sich auch letztendlich von ihm befreien.

Mit einem gelungenem Beckenhieb nach oben, konnte Luuk Barlas wie ein Kopfkissen nach vorne werfen und sich sofort auf ihn stürzen.

Er packte Barlas an seinem rechten Arm und klammerte seinen Kopf zwischen seine beiden muskulösen und durchtrainierten Beine und drückte sie immer fester zu. Wie eine Riesenboa, die langsam ihre Beute erwürgt.

Barlas' Gesicht lief rot an und er bekam keine Luft mehr. Er drohte zu ersticken und gab nur würgende Geräusche von sich. Weder Arme und Beine noch sein Körper konnten sich bewegen.

Er war seinem Gegner vollkommen ausgeliefert gewesen.

Bevor die Lage noch ernster und schlimmer werden konnte, griff der Trainer hastig ein und trennte die beiden voneinander.

Als Luuk seine Beine wieder lockerte, schnappte Barlas, dessen Gesichtsfarbe sich von rot wie eine Tomate zu weiß wie Kreide verfärbte, keuchend und hustend nach Luft.

Er griff sich mit einer Hand an die Kehle und rieb langsam an ihr, während er versuchte sich wieder aufzurichten.

Sobald er wieder auf seinen Beinen stand, fragte der Trainer, ob alles in Ordnung sei und ob es ihm wieder gut ginge.

Er warf einen kurzen Blick zu Luuk und blickte anschließend wieder den Trainer an und nickte langsam, immer noch an seiner Kehle reibend, mit dem Kopf.

Der Trainer sagte ihm, dass er sich ein wenig ausruhen solle, bevor er wieder mit dem Training weitermacht, aber Barlas dachte nicht mehr daran zu trainieren. Er wollte das Training auf der Stelle abbrechen und nach Hause gehen.

Ohne etwas zu sagen, machte er eine Kehrtwendung und ging in Richtung Umkleidekabine.

Sowohl für den Trainer als auch für alle anderen Anwesenden war die Botschaft klar gewesen.

Sein Trainer rief ihm hinterher:

>>*Ok Barlas! Dann wünsche ich dir ein schönes und erholsames Wochenende! Ruh dich gut Zuhause aus und komm in aller Frische am Montag wieder zum Training. Denn in zwei Wochen hast du deinen ersten Kampf im Ring. Ich will dich noch ordentlich auf Vordermann bringen bis dahin.*<<

Barlas ging weiter ohne seinem Trainer zu antworten und dachte währenddessen an sein erstes Turnier. Tatsächlich war es bald soweit gewesen. Nur noch zwei Wochen und dann würde er vor hunderten von Kampfbegeisterten in den Ring steigen und allem sein Können und Talent vorzeigen.

Doch seine Freude legte sich wieder sofort, als er an seine

peinliche Niederlage von noch vor wenigen Sekunden denken musste. Er war geschlagen. Nicht nur Kampftechnisch, sondern auch seelisch. Als leidenschaftlicher und begeisterter Kampfsportler hätte ihm das nicht passieren dürfen.

Und noch bevor er in die Duschkabine verschwinden konnte, hörte er diese ätzende Stimme schon wieder, die hinter ihm erklang. Sie gehörte keinem geringerem als Luuk, der in die Allgemeinheit sagte:

>>*Seht hin Leute! Das ist der Abgang eines Verlierers.*<<

Barlas schenkte ihm keine Beachtung. Er kniff ganz fest seine Augen zu, biss sich in die trockenen Lippen und verschwand hinter der Tür zur Umkleidekabine.

>>*So, das reicht aber nun jetzt Luuk! Hör auf damit, sonst nehme ich dich in den Schwitzkasten!*<<

Ermahnte ihn der Trainer und forderte jeden auf mit dem Training weiterzumachen.

Barlas hatte auf die Dusche im Sportverein verzichtet. Er wollte ganz schnell weg von dort. Zuhause angekommen, würde er schon eine ordentliche Dusche nehmen.

Doch jetzt wollte er einfach nur nach Hause.

So schlenderte er, mit gesenkten Hauptes, bis zu der U-Bahn und musste dabei ständig an seine peinliche Niederlage denken.

Wie peinlich war es, vor seinem Trainer, bei dem er Extratraining nimmt und auch vor allen anderen, insbesondere vor Mädchen, verlieren?

Diese Frage stellte er sich immer und immer wieder. Bis er endlich irgendwann Zuhause angekommen war.

Wegen seinem entsetzlichem Schweißgestank, der sich in der gesamten U-Bahn Garnitur breit gemacht hatte, hatten sich alle anderen Fahrgäste von ihm weggesetzt und hatten dabei Ausdrücke des Ekelns in ihren Gesichtern.

Doch Barlas kümmerte das nicht. Das war ihm egal. Sein Gestank war ihm egal. Und auch die Fahrgäste, denen das unangenehm gewesen war, waren ihm egal. Einfach alles war ihm zu diesem Moment egal gewesen.

So fuhr er, mit enttäuschten Blicken in den dunklen Tunnel der U-Bahn gerichtet, nach Hause.

Als Barlas endlich Zuhause angekommen war, wurde er, so wie sonst immer auch, von seiner Mutter herzlich empfangen und freundlich gegrüßt.

Doch sie merkte sofort, dass etwas nicht stimmte. Etwas war mit ihrem einzigen und geliebten Sohn nicht in Ordnung gewesen.

Ja, klar, sie wusste zwar, dass er vom Training gekommen und daher total erschöpft gewesen war, aber diese Erschöpfung signalisierte ihr eindeutig völlig etwas anderes.

Ihre Mutterinstinkte meldeten ihr, dass mit ihrem Kind, etwas nicht ganz so erfreuliches geschehen sein muss.

Vor allem wurde sie sich dessen sicher, als Barlas sie kaum beachtete und nur ein genuscheltes „Hallo!" seufzte als, dass er sie ordentlich begrüßte, so wie er das sonst immer getan hatte und gleich danach in seinem Zimmer verschwunden war.

Seine Mutter, Esra hieß sie mit dem Vornamen, ging ihm besorgt hinterher und blieb vor seiner verschlossenen Tür stehen.

Sie überlegte einen kurzen Moment, ob sie ihn auf seinen bekümmernden Zustand ansprechen oder ob sie doch lieber warten sollte, bis er von sich aus zu erzählen anfing.

Schließlich entschied sie sich dazu nicht darauf zu warten und wollte es lieber sofort erfahren.

Also klopfte sie sanft mit dem Knöchel ihres Mittelfingers an seine Tür während sie gleichzeitig ihren Kopf näher an die Tür

neigte, so als würde sie lauschen wollen, und fragte nach:
>>*Barlas mein Schatz! Ist alles in Ordnung? Wie war's heute beim Training?*<<
Es war still im Zimmer ihres Sohnes.
Nach kurzem Schweigen, fragte sie erneut, diesmal mit einer etwas lauteren Stimme, ob mit ihm alles in Ordnung sei.
Und wieder wollte Barlas seiner besorgten Mutter nicht antworten.
Esra wurde unruhiger und sagte:
>>*Also gut Barlas, ich komme jetzt herein!*<<
Und noch bevor sie gleich nachdem sie ihren Satz beendet hatte und die Tür aufmachen wollte, öffnete Barlas diese und stand direkt vor ihr.
Er hatte sich seine Sportbekleidung ausgezogen und sein schlanker und trainierter Oberkörper mit gut ersichtlichem Sixpack stand im Freien. Lediglich ein langes Badetuch umhüllte seine Hüfte und einen Großteil seines Unterkörpers.
Mit trüben Blicken sah er seine Mutter an, die ihn erneut fragte, was vorgefallen war:
>>*Was ist denn los Schatz? Lief dein Training heute etwa nicht gut? Was ist denn passiert?*<<
Enttäuscht senkte er seinen Kopf hinunter und starrte auf den Boden. Danach stieß er einen kurzen Seufzer aus und gab seiner Mutter endlich eine Antwort:
>>*Das Training heute, verlief nicht ganz so gut.*<<
Nun legte Esra tröstend ihre Hand auf seine Schulter und fragte:
>>*Wieso denn? Hat dein Trainer etwas gesagt, was dich entmutigt oder verärgert hat?*<<
Weiterhin mit seinen Blicken auf den Boden gerichtet antwortete er seiner Mutter:
>>*So ungefähr...Da gibt es einen Typen, der total gemein ist.*

Er ist ein Idiot. Der hat mich vor der gesamten Gruppe bloß gestellt und gesagt, dass ich nicht das Zeug hätte um an Turnieren teilnehmen, geschweige denn gewinnen zu können. Und sie lachten mich alle aus und auch der Trainer grinste ein wenig.<<

Esra nahm ihre Hand wieder von seiner Schulter ab, legte sie unter seinem Kinn und hob sein Kopf langsam an, sodass sie ihm in die Augen sehen konnte. Seine Augen waren zwar nicht mit Tränen gefüllt gewesen, aber sie konnte eindeutig die Trauer, die er gerade in dem Moment empfand, erkennen. Also versuchte sie ihn mit folgenden Worten wieder aufzubauen:

>>Also ich verstehe zwar nicht besonders viel von diesem Sport, aber so viel ist mal sicher. Sowohl deine Freunde beim Training als auch dein Trainer selbst haben sich nicht sportlich verhalten.

Aber du bist doch ein Kämpfer oder etwa nicht. Sowohl im echten leben als auch im Sport.

Also, egal was andere über dich erzählen und wie sehr sie versuchen dich niederzumachen, lass dich nicht von ihnen provozieren. Ignoriere sie und mache einfach weiter. Egal wie sehr sie dir auch ein Bein stellen und egal wie oft du hinfällst, du musst aufstehen und weitergehen. Und zwar solange, bis du dein Ziel erreicht hast.

Denn vergiss eines nicht mein lieber Sohn! Diejenigen, die versuchen, dich an deinem Erfolg zu hindern, sind immer die, die selbst versagt und ihre Ziele nie erreicht haben. Deswegen möchten sie nicht, dass du Erfolg hast. Sie wollen, dass du auch versagst, damit die sich selber besser vorkommen.

Daher ist die beste Art sich an Menschen wie diesen zu rächen, Erfolg zu haben.

Ihnen zu zeigen, dass du trotz so vieler Hindernisse, es den-

noch geschafft hast.
Also kämpfe und hau sie alle nieder!...Aber, um Gottes Willen,
damit meine ich nicht jetzt, dass du sie tatsächlich mit Fäusten
oder so schlagen sollst.<<
Sie lachte anschließend und auch Barlas fing zu lachen an.
Sie hatte es geschafft ihn wieder aufzubauen und zu ermutigen.
>>Na los! Jetzt geh' bitte duschen, denn du stinkst wie ein
Haufen dreckige Wäsche, die seit Wochen herumliegen.<<
Sagte sie weiterhin lachend und ihr Gesicht war dabei leicht
verrunzelt.
Barlas lachte ebenso etwas mehr und ging sofort ins Bade-
zimmer um sich endlich zu duschen.
Esra stemmte ihre Hände an ihre Hüfte und blickte ihm mit
stolzen Blicken hinterher.

Es war noch gar nicht so spät als Barlas Zuhause angekommen
war. Da er das Training vorzeitig abgebrochen hatte, kam er
früher als gewohnt nach Hause zurück.
Esra war noch mit dem Kochen beschäftigt gewesen als er angekommen war und machte sich auch, gleich nachdem Barlas
in das Badezimmer verschwunden war, damit weiter.
Sie hatte ein paar Pommes Frites in das erhitzte Öl, das in der
Pfanne blubberte, geworfen und ließ sie schön knusprig und
goldbraun anbraten.
Dazu gab es selbst panierte Hühnerschnitzel und köstlich dres-
sierten Salat.
Eines der vielen Leibgerichte von Barlas.
Er aß sehr gern und viel und hatte dadurch viele Speisen, die
ihm sehr schmeckten. Deswegen konnte er sich nie entscheiden, welche von ihnen sein Lieblingsgericht sein sollte.
Und obwohl er so gern und viel aß, achtete er stets auf seine
sportliche und schlanke Figur, sodass er ja nicht zu viel zu-

nahm als es nötig war.

Deswegen trainierte er auch umso intensiver. Um sowohl all das Essen, das er so gern aß zu verbrennen und, und das war der Hauptgrund, um ein richtig guter MMA-Kämpfer, wie sein größtes Idol Khabib Nurmagomedov, werden zu können.

Und da er gerne größere Portionen aß, hatte ihm seine Mutter einen doppelt so großen Schnitzel zubereitet als ihr eigenes.

Barlas war ihr ein und alles. Die beiden hatten nur sich und sonst niemanden.

Der Ehemann von Esra ließ sie vor vielen Jahren mit ihrem einzigen Kind zurück und war seither verschwunden.

Er hatte sich nie bei seiner Familie gemeldet.

Mittlerweile waren bereits ganze fünfzehn Jahre vergangen und es gab keine Spur von ihm.

Esra wusste nicht wohin und wieso überhaupt er so plötzlich verschwunden war, doch das „Wieso?" hatte sich schon kurz nach seinem Verschwinden geklärt.

Esra erfuhr nämlich durch die Behörden, dass ihr Ehemann Erol, so hieß er mit dem Vornamen, sowohl hohe Kredit-schulden bei seiner Bank als auch diverse kleine Spielschulden hatte, die er schon seit längerem nicht beglichen hatte und de-ren Fristen abgelaufen waren.

Als Esra dies gehört hatte, war sie geschockt und wusste zu-nächst nicht, wie sie darauf reagieren sollte.

Doch zumindest wusste sie jetzt, wieso er so plötzlich eines Tages verschwunden und vom angeblichem Zigarettenkauf nicht mehr nach Hause zurückgekehrt war.

Sie war tatsächlich auf diesen alten Trick mit den Zigaretten hereingefallen, aber woher hätte sie denn auch ahnen können, dass ihr ehemaliger Mann finanzielle Probleme hatte.

All die Zeit lang, hatte sie nichts davon gemerkt. Ja, hin und wieder hatten sie ihre monatlichen Zahlungen mit etwas Verspätung beglichen, aber das war auch schon alles gewesen.

Sonst schien alles in Ordnung sein. Zumindest hatte Erol seiner Frau dies die ganze Zeit über vortäuschen können.

Sie war enttäuscht gewesen. Enttäuscht darüber, dass er ihr das verheimlicht hatte. Enttäuscht darüber, dass er ihr nichts davon erzählt hatte. Enttäuscht darüber, dass er sie belogen hatte.

Enttäuscht darüber, dass er wie ein Feigling abgehauen ist und sich der Sache nicht wie ein Mann gestellt hat.

Enttäuscht darüber, dass er sie nicht um Hilfe gebeten hatte.

Sie hätten doch mit Sicherheit eine Lösung finden können, wie sie aus dieser Miesere wieder herauskommen könnten.

Und vor allem war sie enttäuscht darüber, dass er seine Frau und seinen einzigen Sohn einfach so zurückgelassen und sich nicht ein einziges Mal bei ihnen gemeldet hatte.

Noch dazu wurden alle seine Schulden auf Esra übertragen, sodass sie plötzlich mit einem großen Berg an Schulden ganz alleine da stand.

Das würde sie ihm niemals verzeihen.

All das, was er ihr und ihrem Sohn angetan hatte.

Das war unverzeihlich und unvergesslich.

Und sie wollte von diesem Zeitpunkt an gar nichts mehr von ihm wissen. Sie wollte ihn weder sehen noch etwas von ihm hören. Er war für sie gestorben.

Doch Esra war eine starke und intelligente Frau. Das war sie schon immer gewesen.

Nur bei der Wahl ihres zukünftigen Ehemannes hatte sie sich getäuscht und deswegen machte sie sich auch hin und wieder Vorwürfe. Doch ändern ließ sich an dieser Tatsache nunmal nichts mehr. Das beste, das sie machen konnte, war es, sich von ihm zu trennen und ihm für immer die Tür verschlossen zu halten.

Sie war stark genug um für ihren Sohn, trotz der vielen Schulden, zu sorgen. Sie zogen in eine kleinere Wohnung ein und sie schuftete Tag und Nacht um so schnell wie möglich die Schulden ihres früheren Mannes bei allen Stellen abzubezahlen. Sie arbeitete als Krankenschwester und hatte ein recht gutes Gehalt.

Und nebenbei führte sie das Haushalt und zog noch ihren Sohn Barlas groß.

Und eines Tages hatte sie dann auch endlich alle Schulden zur Gänze abbezahlen können und konnte wieder aufatmen.

Denn ein großer Berg an Schulden, der all die Jahre auf ihren Schultern lastete, war nun endlich verschwunden.

Ihre Schulden und Sorgen waren weg, ihr Sohn wurde erwachsen und sie lebten glücklich weiter.

Nach so vielen Jahren. Nach so einer harten Zeit, war sie wieder glücklich gewesen.

Das war auch der zweite Grund, wieso Barlas unbedingt sich die Kunst des Kampfsportes aneignen wollte.

Er wollte zudem seine Mutter beschützen.

Denn als kleiner Junge bekam er sehr wohl mit, dass es ihr nicht allzu gut ging und, dass sie sich von Zeit zur Zeit, nachts in ihr Bett weinend schlafen legte.

Sie sagte ihm auch immer wieder, dass er nun der Mann im Haus sei und, dass er gewisse Verantwortung übernehmen müsste.

So fing er ganz früh damit an, seiner Mutter im Haushalt und beim Einkaufen zu helfen und musste schneller erwachsen und reifer werden als andere Kinder in seinem Alter.

Und so gab er auch eines Tages seiner geliebten Mutter das Versprechen, dass er sehr schnell das Kämpfen lernen wird um sie so vor anderen zu beschützen. Denn so würde ein Mann das machen und nicht einfach wie ein Feigling abhauen, wie sein Vater es getan hatte.

So erfüllte er seine Mutter stets mit Stolz, indem er ihr immer wieder zeigte, wie sehr er bereit war Verantwortung zu übernehmen.

Das köstlich nach viel gebratenem Fett duftende Essen stand bereits auf dem Küchentisch als Barlas gerade aus dem Badezimmer wieder herauskam. Er verfiel immer wieder in eine Art Trance, wenn er solch köstlich duftende Mahlzeiten roch.
Als wäre er davon nahezu hypnotisiert. Esra fand dieses Verhalten von ihm immer sowohl witzig als auch ein wenig übergeschnappt. Doch sie liebte es.
Sie liebte es ihren Sohn glücklich und zufrieden zu erleben.
Denn er war schließlich ihr ein und alles. Sie hatten nur sich und sie waren immer füreinander da.
Und daran sollte sich auch nichts ändern.
Anfangs hatte sie schon Sorge, dass auch ihr Sohn sie eines Tages einfach so verlassen würde, so ganz nach dem Motto, wie der Vater so der Sohn, aber er hatte ihr schon früh genug das Gegenteil bewiesen. Er hatte ihr klar und deutlich gezeigt, dass er ganz und gar nicht wie sein Vater ist. Kein Bisschen.
So setzte er sich neben seiner Mutter zum Tisch und begann zu schlemmen als hätte er seit Tagen nichts zu essen bekommen.
So konnte das Wochenende für Barlas endlich starten.

KAPITEL 2

DIE DUNKLE GESTALT

Obwohl er noch einen Tag vorher von einem gemeinen Typen vor seinen gesamten Trainingskameraden als auch vor seinem Trainer regelrecht gedemütigt worden war, fing der neue Tag ausgesprochen gut für Barlas an.

Er hatte ein gutes und nahrhaftes Frühstück gemeinsam mit seiner Mutter gehabt und war in die Stadt losgegangen um ein wenig auf der berüchtigten Einkaufsmeile Mariahilfer Straße zu shoppen.

Er hatte ganz dringend einige neue Unterwäsche sowie ein Dutzend Socken und neue Jeans nötig.

Die wollte er sich noch an diesem Wochenende besorgen, damit er gleich am Montag mit frischem Gewand zur Arbeit gehen konnte.

Barlas hatte ein Pflichtschulabschluss und fing somit, nachdem er die Hauptschule beendet hatte, gleich zu arbeiten an. Für eine Lehre konnte er sich nicht entscheiden und weiter die Schulbank drücken war auch nicht so seins gewesen, weswegen er eine Vollzeitbeschäftigung bevorzugte und seit einigen Jahren als Security seine Dienste leistete.

Er hatte einen fixen und angenehmen Posten und war mehr als nur zufrieden von seinem Arbeitsplatz gewesen.

Seine Aufgabe bestand darin tagsüber als Portier eine Baustelle zu überwachen.

Er saß den ganzen Tag in seinem kleinen Container und achtete darauf, dass nur das Personal und sonstige befugte Personen, die Baustelle betreten durften.

Und wenn mal eine Baustelle abgeschlossen wurde, wurde er zur nächsten Baustelle geschickt auf der er wieder die selbe

Tätigkeit ausführte.

Dieser Job gefiel ihm sehr, da er alleine war, denn die Bauarbeiter waren mit ihrer eigenen Arbeit beschäftigt und hatten somit mit Barlas im geringsten nichts zu tun, und daher konnte ganz unter sich sein.

Keine Kollegen, die ihn ständig mit irgendwelchen langweiligen Themen voll laberten und auch kein Chef, der ihm ständig über die Schulter geschaut hatte.

Nur Barlas, der von sechs Uhr am Morgen bis vierzehn Uhr am Nachmittag arbeitete und Pause machte, wann er wollte.

Nach Dienstschluss wurde er von einem anderen Kollegen abgelöst. Der wiederum von der Nachtschicht und am nächsten Tag löste Barlas wiederum die Nachtschicht ab. So waren die Dienste und so ging es ewig weiter.

An Wochenenden und Feiertagen hatte er frei.

Er war der Meinung gewesen, dass es so besser wäre, weil er dadurch seine Mutter finanziell besser unterstützen konnte. Andererseits war ihm schon auch bewusst gewesen, dass er sie in Zukunft mit einem höheren Schulabschluss noch besser hätte unterstützen können, aber er dachte, dass dieser Weg, für den er sich letztendlich entschieden hatte, auch ganz in Ordnung wäre. Abgesehen davon war ja sein großes Ziel, eines Tages, ein professioneller MMA-Kämpfer zu werden. Spätestens dann würde er schon ein reicher Mann werden und gemeinsam mit seiner Mutter ein schönes und wohlhabendes Leben führen.

Dieser Gedanke hielt ihn optimistisch, weswegen er sich über seine Zukunft und seine Sportlerkarriere als professioneller Mix Martial Arts Kämpfer nicht allzu viele Sorgen machte. Er war sich nunmal dessen sicher gewesen und etwas anderes käme gar nicht in Frage.

Nachdem er bereits einige Läden besucht hatte um sich die nötigen Kleidungsstücke zu kaufen, schlenderte er noch, mit

den Einkaufstaschen der jeweiligen Geschäfte in seinen
Händen, auf der Mariahilfer Straße herum und sah sich
allgemein um. Vielleicht würde ihm noch das eine oder andere
Ding einfallen, dass er brauchen könnte, aber ihm nicht einfallen wollte.

Denn das passierte oft.

Jedes Mal, wenn er hinaus ging um etwas bestimmtes einzu-
kaufen, kam er mit einem wesentlichen größerem Einkauf nach
Hause zurück als ursprünglich gedacht war.

Irgendetwas ergab sich immer.

Während er also seine Blicke abwechselnd mal auf die linke
Seite und mal auf die rechte Seite der Einkaufsmeile richtete
um sich auch ja nichts entgehen zu lassen, hörte er ganz plötzlich eine Frau aufschreien. Sofort, mit sowohl verblüfften als
als auch neugierigen Augen, wandte er sich in die Richtung,
aus der der Schrei gekommen war.

Barlas konnte sehen, wie eine Frau mittleren Alters, ihre Blicke
nach vorne gerichtet und mit ihrem Zeigefinger in die selbe
Richtung deutend, irgendjemandem hinterher zu schreien
schien.

Als er genauer hinhörte, konnte er deutlich verstehen, dass die
Frau, deren Körper von einem hellbraunen und dünnen Mantel
umhüllt gewesen war, folgendes schrie:

>>Bitte! Halten Sie diesen Mann auf! Er hat meine Hand-
tasche!<<

Gleich danach folgte Barlas mit seinen leicht zusammenge-
kniffenen Augen dem Zeigefinger der Frau und konnte sehen,
dass tatsächlich eine männliche Gestalt, ganz in schwarz gekleidet, mit einer Damentasche in seiner Hand, davonrannte,
als wären blutrünstige Wölfe hinter ihm her.

Ohne noch länger zu zögern und zuzusehen, wie sonst alle anderen auf der gesamten Straße, die dieser Diebstahl nicht im

Geringsten zu interessieren schien, warf er seine Einkaufstaschen einfach so ab und lief in Windeseile dem Flüchtigen
hinterher.

Er rannte so schnell und fokussiert, dass er selber gar nicht
wahrnehmen konnte, wie schnell er eigentlich lief.

Wie ein gewandter Athlet konnte er sich ungehindert seinen
Weg durch die drängende Menschenmenge hindurch bahnen
und streifte dabei nicht einmal eine einzige Person.

Er war wie der Wind, der zwischen den Menschen hindurch
wehte.

Unermüdlich lief er immer weiter und wurde immer schneller,
sodass er nur noch wenige Meter dem Dieb dicht hinter den
Fersen war.

Er hatte ihn schneller eingeholt als Usain Bolt den 100-Meter-
Lauf gerannt war.

Und dann, als die Gelegenheit günstig gewesen war und er die
einmalige Möglichkeit hatte, ergriff er sie und sprang mit all
seiner Kraft und ausgestreckten Armen, sodass er dadurch ausgesehen hatte, wie ein wildes Tier, das sich auf seine Beute
stürzt, auf den Dieb und brachte ihn dadurch zur Fall.

Sie stürzten beide und knallten mit voller Wucht auf den as-
phaltierten Boden.

Bei dem gewaltigen Aufprall, stieß der Flüchtige Dieb mit
seiner Stirn auf die Straße, die daraufhin sofort zu bluten anfing. Die Handtasche ließ er dabei, ungewollt, aus seiner Hand
fallen.

Im Adrenalinrausch, richtete sich Barlas wieder auf, kniete sich
auf die Brust des Mannes mit der Platzwunde auf seiner Stirn
und fing an mit mehreren und schnelle Faustschläge auf dessen
Gesicht einzuschlagen.

Die Passanten, die zu Zeugen all des blutigen Spektakels geworden waren, waren geschockt von dieser brutalen Dar-

bietung gewesen.

Nach nur wenigen Sekunden jedoch, hatte Barlas sich wieder beruhigt und aufgehört auf den Mann unter ihm weiter einzuschlagen.

Schwer atmend sah er sich zuerst den blutig geschlagenen Mann und danach die neugierigen Menschen, die die beiden mittlerweile umzingelt hatten, an.

Nach einer kurzen Verschnaufpause teilte er der Menge folgendes mit:

>>*E..er..er hatte...einer...D...Dame...die...Handta...die Handtasche...gestohlen.*<<

Und zeigte gleichzeitig mit seinem Finger auf die Damentasche, die mit abgerissenem Henkel auf dem Boden lag.

Die teilweise schockierte Menschenmenge wollte nicht zu starren aufhören. Barlas ließ den Dien am Boden liegen und richtete sich selber wieder auf.

Nachdem er wieder auf den Beinen stand, klopfte er sich mit beiden Händen den Staub von seiner Kleidung ab und richtete anschließend seine letzten Worte erneut dem neugierigem Publikum zu:

>>*Vielleicht wäre es besser, wenn einer von ihnen die Polizei verständigen würde.*<<

Gleich danach wandte er sich von all ihnen ab, nahm die Damentasche vom Boden auf und übergab sie der rechtmäßigen Person, zu der sie gehörte. Die immer noch leicht verschreckte Dame war mittlerweile auch angekommen und nahm ihre beschädigte Tasche dankend entgegen.

Barlas lächelte sie kopfnickend an und sagte, dass er das sehr gerne gemacht habe und ging wieder seines Weges.

Die Dame, der die Handtasche gehört hatte, erstattete später bei der Polizei, nur über den Dieb eine Anzeige. Über Barlas und seine Prügelattacke hatte sich niemand beschwert und somit wurde er auch nicht angezeigt.

Sie waren alle der Meinung, dass das in diesem Fall wohl nicht hätte anders ablaufen können um den Dieb außer Gefecht zu setzen und waren stattdessen Dankbar über die Zivilcourage von Barlas gewesen.

Nachdem Barlas wieder an dem Platz angekommen war, an dem er seine Einkaufstaschen abgeworfen hatte, damit er ganz heldenhaft der Dame in Not zur Hilfe eilen konnte, musste er wütend feststellen, dass seine Einkaufstaschen mit den frisch gekauften Sachen darin, verschwunden waren.
Ihm war sofort bewusst gewesen, dass irgendein verdammter Mistkerl, sie gestohlen haben musste.
Er blickte in alle vier Richtungen und sah sich die Umgebung etwas genauer an, in der Hoffnung, die vollgefüllten Einkaufstaschen doch noch zu finden, aber sie waren weit und breit nicht zu sehen.
Nichts. Keine Spur. Sie waren weg.
Schüttelnd senkte er sein Kopf hinunter und dachte sich, welch eine Ironie es gewesen war, zum Opfer eines Diebes geworden zu sein, während er versucht hatte, einen anderen Dieb zu schnappen.
Dennoch versuchte er die Sache positiv zu betrachten und versuchte sich dadurch zu beruhigen, dass die Sachen insgesamt nicht mehr gekostet hatten als gerade mal vierzig Euro.
Andererseits dachte er sich, vierzig Euro sind nunmal vierzig Euro und die musste man sich einmal verdienen.
Vollkommen in Gedanken versunken und leicht wütend sowie frustriert, machte er sich auf den Weg zur nächsten U-Bahn Station um wieder zurück nach Hause zu fahren.
Als er einen kurzen Blick in eine Seitengasse machte, an der er

vorbei gegangen war, sah er eine dunkle männliche Gestalt, die seine beiden Einkaufstaschen in den Händen hielt und Barlas dabei anstarrte.

Barlas blieb sofort stehen und sah sich diese seltsame und mysteriöse Gestalt genauer an um ganz sicher gehen zu können, dass es sich auch wirklich um seine Einkaufstaschen handelte.

Bei sehr genauerem Blick, stellte er fest, dass sie tatsächlich seine Einkaufstaschen gewesen waren.

Dann sah er sich die vollkommen in eine dunkelblaue Schleier umhüllte Gestalt genauer an und dachte zunächst, dass es sich dabei um einen Touristen aus irgendeinem arabischen Land oder sonst wo aus dem Süden, vielleicht sogar irgendwo aus Afrika stammen könnte.

Denn die seltsame Gestalt hatte eine Kapuze auf, die Barlas an ein Turban erinnerte und zudem war sein halbes Gesicht bedeckt gewesen. Barlas musste zugeben, dass der Mann aussah wie eine Art nomadischer Ninja oder Wüsten-Ninja oder derartiges. Selbst in diesem Moment, ging seine kreative Phantasie mit ihm durch.

>>Hey Sie!<<

Rief er zu der Person hinüber.

>>Das sind meine Einkaufstaschen.<<

Rief er hinterher.

Doch die seltsame Person, die schon langsam unheimlich wirkte, weil sie die ganze Zeit über, ohne sich zu bewegen, einfach so da stand und Barlas beobachtete, gab ihm keine Antwort.

>>Können Sie mich verstehen?<<

Wollte Barlas von ihm wissen, aber wieder bekam er keine Antwort.

Die seltsame und unheimliche Person stand weiter regungslos in der Seitengasse und starrte Barlas nur so an.

>>Also Gut!...Ich danke Ihnen für das Aufpassen meiner Ein-
käufe! Ich komme sie mir jetzt abholen.<<
Rief Barlas der dunklen Person zu und näherte sich mit langsamen und vorsichtigen Schritten zu ihm.
Die dunkle und mysteriöse Gestalt stand immer noch regungslos und schweigend vor ihm.
Barlas wusste nicht um was für eine Art von Person es sich bei
diesem Mann handelte. Er dachte sich, dass er vielleicht doch
nur ein Obdachloser oder irgendjemand mit psychischen Prob-
lemen gewesen war.
Er wusste nicht, ob er gefährlich oder harmlos gewesen war.
Doch so unheimlich wie er ausgesehen und sich verhalten
hatte, blieb Barlas nichts anderes übrig als vorsichtig zu sein.
So ging er Schritt für Schritt immer weiter und kam der unheimlichen Person immer näher.
Barlas war so aufgeregt gewesen, dass er fast schon vergessen
hatte, dass er ein MMA-Kämpfer gewesen war und sich hätte
ganz einfach selbst verteidigen können, falls die Person, die
vollkommen, bis auf die Augen, verschleiert gewesen war, ihn
angreifen sollte.
Und genau in diesem Moment, als er etwas näher gekommen
war und einen viel besseren Blick auf die Person werfen
konnte, stellte Barlas fest, dass die Augen von dieser Person
orange-rot-gelb leuchteten. Fast so, als würden seine Augen
von innen brennen. Und auch seine Hände mit spitzen und
gelblichen Nägeln, waren, genau wie sein Gesicht dunkel und
seine Haut sah aus als wäre sie verbrannt gewesen.
Als er diese seltsamen und schreckhaften Augen sowie sonstige
entstellte Körperteile wahrgenommen hatte, blieb Barlas auf
der Stelle stehen und rief der Gestalt folgendes zu:
>>Also gut Mann!...Keine Ahnung wer Sie sind und keine Ah-
nung, was da mit ihren Augen und ihrer Haut los ist, aber ich

bitte Sie, mir meine Einkäufe zurückzugeben...Ähm, besser gesagt zuzuwerfen.<<

Und wieder bekam er keine Antwort. Barlas wurde schon etwas nervös, aber auch ein wenig wütend. Also bat er ihn erneut mit rasendem Herzen und pochendem Blut darum, während er sich gleichzeitig auf einen Kampf einstellte. Aufgewärmt war er ja schon bereits.

>>Bitte! Werfen Sie mir meine Sachen zu! Ich muss jetzt nach Hause.<<

Gab ihm Barlas zu verstehen.

Als sich der mysteriöse Mann, dessen Augen wie Flammen leuchteten, erneut dafür entschied zu schweigen, verlor Barlas nun endgültig seine Geduld und gab dies auch zu erkennen:

>>Also gut. Sie wollten es nicht anders. Wenn Sie sie mir nicht geben möchten, werde ich sie mir ganz einfach holen kommen.<<

So wie er den Satz zu Ende gesprochen hatte, so stürzte sich Barlas mit wütenden und etwas schnelleren Schritten auf die Person vor ihm und versuchte diesem die Einkaufstaschen aus dessen Händen loszureißen.

Und genau in diesem Augenblick, wurde Barlas Zeuge eines Ereignissen, dass nicht hätte sein können.

Er war vollkommen hin und weg darüber gewesen.

Er hatte es zwar gesehen und erlebt, aber er konnte es nicht glauben.

Die mysteriöse Gestalt, hatte sich tatsächlich, direkt vor seinen Augen in dunklem nebelartigem Rauch aufgelöst um nur Sekunden später hinter ihm wieder aufzutauchen.

Konnte es das tatsächlich sein? Hatte sich diese Person oder was auch immer er gewesen war, tatsächlich teleportiert?

Wie war das nur möglich?

Barlas war erstaunt darüber und musste erst einmal dieses Erlebnis verarbeiten, bevor er sich wieder konzentrieren und klaren Kopf bewahren konnte.

Er drehte sich langsam zu dem seltsamen Wesen um und war gerade dabei ihn zu fragen, wer oder was er gewesen war.

Doch ehe Barlas noch die Frage stellen konnte, schwebte die unheimliche Gestalt plötzlich wenige Zentimeter über dem Boden und flog anschließend direkt auf Barlas zu.

Barlas erschrak und beugte sich reflexartig nach unten und hielt seine Arme schützend vor seinem Körper.

Er atmete dabei ganz laut und seine Brust bebte auf und ab als wäre eine Hydraulik in ihr drinnen.

Doch irgendwie bemerkte er nichts mehr. Langsam senkte er seine Arme wieder hinunter und öffnete seine ganz fest verschlossenen Augen.

Er blickte nach vorne, er blickte nach links und er blickte nach rechts. Er blickte auch vorsichtig nach hinten. Aber Barlas konnte niemanden sehen.

Die unheimliche Gestalt war verschwunden.

Aber wohin nur? Fragte sich Barlas.

Wo war diese Gestalt plötzlich hin?

Er atmete einmal kräftig durch und stand wieder auf.

Seine beiden Einkaufstaschen lagen direkt vor ihm. Langsam näherte er sich ihnen zu und warf einen Blick hinein um zu überprüfen, ob auch alles in Ordnung gewesen war.

Zu seinem Glück, war es das auch. All seine Sachen, die er gekauft hatte, Unterwäsche, Socken, Jeans, sie waren alle drinnen. Nichts fehlte.

Er lächelte ein wenig und war froh darüber, dass er all seine Sachen wieder hatte.

Barlas griff nach seinen Einkaufstaschen und ging mit ganz schnellen Schritten hinaus aus der Seitengasse und machte sich auf den Weg zur U-Bahn Station.

Zuhause angekommen hatte er gemeinsam mit seiner Mutter gegessen und sich anschließend in sein Zimmer zurückgezogen.

Diesmal so, sodass sie sich keine Sorgen um ihn machen brauchte.

Schon auf dem ganzen Weg zurück nach Hause, konnte er nicht aufhören an dieses seltsame Wesen zu denken.

Und so setzten sich seine Gedanken am Esstisch weiter fort und später dann auch noch in seinem Zimmer.

Während des Essens war seiner Mutter zwar aufgefallen, dass er immer wieder in tiefe Erinnerungen versank und einfach so in die Leere starrte, während er dabei sein Essen im Mund langsam, fast wie in Zeitlupe, kaute, bevor er es hinunterschluckte.

Natürlich wollte Esra auch hier wissen, ob alles in Ordnung sei, woraufhin Barlas, ganz geschickt, eine Antwort gab, die sie wieder beruhigte. Er sagte ihr nämlich, dass er aufgeregt sei, wegen seinem ersten Turnier, das in ein paar Tagen stattfinden würde.

Unmöglich hätte er ihr, auch wenn sie noch so eine verständnisvolle Person gewesen war, erzählen können, was an diesem Tag in der Stadt geschehen war. Er schwieg sowohl zu dem Vorfall mit dem Handtaschendieb als auch, und das war mit Abstand der interessantere von beiden gewesen, die unheimlich aussehende und mysteriöse Gestalt mit den, ähnlich wie ein Feuerball, glühenden Augen.

Er hielt es für richtig, seiner Mutter beides zu verschweigen. Denn er wüsste ohnehin wie sie auf diese Themen reagieren würde. Zu dem Vorfall mit dem Handtaschendieb, würde sie ihn zwar für seinen Mut loben, aber ihn ermahnen, so etwas gefährliches nie wieder zu machen. Und Barlas war jemand, der immer gerne anderen half und damit wollte er nicht aufhören. Ganz egal, wie gefährlich es auch sein mochte.

Denn zweiten Vorfall verschwieg er ihr, weil sie ihm diese Geschichte niemals glauben würde. Sie würde es nie zu ihm ins Gesicht sagen, aber er wusste, dass sie ihn dafür für verrückt halten würde und es sogar seinem Stress mit dem Training und dem Turnier zuschreiben würde. Am Ende würde sie ihm auch noch verbieten weiterzumachen, damit er den Verstand nicht komplett verliert.

Und das wäre das Ende für ihn. Er wollte, um nichts auf der Welt, mit dem MMA-Training aufhören und seinen Traum, der zukünftige Champion zu werden, aufgeben.

Allein deswegen, würde er ihr kein Wort von diesem Vorfall erzählen.

Somit hatte er beschlossen, alles für sich zu behalten und blieb dadurch mit seinen Erlebnissen ganz alleine.

Enge Freunde, mit denen er sich gut verstand und mit denen er über alles reden konnte, hatte Barlas auch nicht. Also musste er selbst damit umgehen können.

Doch das war kein Problem für ihn gewesen. Er war schließlich ein Kämpfer.

Und so saß er, tief in Gedanken versunken, in seinem Zimmer und konnte nicht aufhören an dieses Wesen zu denken.

Blitzartig schossen ihm die Gedanken durch den Kopf, sodass ihm Bilder von diesem Wesen vor seinem geistigen Auge erschienen.

Immer wieder stellte er sich die Frage, wer oder was dieses Wesen sein konnte. Und, ob ihn vielleicht noch jemand anderes außer er selbst gesehen hatte. Es schien ihm aber nicht so gewesen zu sein. Er war der einzige gewesen, der es gesehen hatte.

Barlas dachte auch darüber nach, was dieses Wesen, das ihn mittlerweile auch schon an die Dementoren aus den Harry

Potter Filmen erinnerte, von ihm wollte. Wieso hatte es auf seine Sachen aufgepasst? Wieso hat es nicht zu ihm gesprochen?

War das vielleicht sogar ein Geist oder ein Dämon? Vielleicht sogar ein Dschinn, sowie er es vom Islam kannte?

Denn das würde eher auf dieses Wesen zutreffen. So wie es schließlich ausgesehen hatte. So ganz in dunklem und langem Gewand verhüllt aus der nur seine verbrannten Hände mit scharfen Nägeln herausragten. Und natürlich auch seine Augen. Die waren bestimmt nicht menschlich gewesen.

Viele Fragen beschäftigten ihn seither auf die er einfach keine logischen Erklärungen finden konnte.

Anfangs redete er sich ein, dass er sich das eingebildet hatte, weil er noch ein wenig, wegen der Sache mit dem Handtaschendieb, benommen gewesen war, aber er wusste, dass es definitiv keine Einbildung, sondern vollkommen echt gewesen war.

Nachdem er keine plausiblen Erklärungen darauf finden konnte, versuchte er diese Gedanken zu verdrängen und beschloss sich anderweitig zu beschäftigen.

Barlas zockte am liebsten, wenn er Zuhause nichts bessere zu tun hatte. Also drehte er seine Konsole auf, legte das neueste Mortal Kombat Spiel hinein und fing, virtuell, zu kämpfen. Genau wie im echten Leben, musste er auch in den Spielen kämpfen. Er konnte einfach nicht anders. Und seitdem ihm seine Mutter zu seinem zweiundzwanzigsten Geburtstag eine Sony PlayStation 4 Konsole geschenkt hatte, vertrieb er sich sehr oft damit die Zeit.

Natürlich, fast ausschließlich, mit diversen Kampfspielen. Unter anderem Mortal Kombat und selbstverständlich auch EA Sports UFC 3. Dieses bevorzugte er am meisten, aber in diesem Augenblick, war ihm ein wenig zu etwas brutalerem zumute. Und dafür war Mortal Kombat ideal gewesen. Da konnte er sämtlichen Gegenspielern die Eingeweide und auch Gliedmaßen herausreißen. Er konnte ihre Köpfe und ihren Körper sprengen und explodieren lassen.

Aber das alles machte ihm nur im Videospiel Spaß. Im echten Leben fand er derartige Brutalität total abscheulich und grauenhaft.

Als Spiel war es ihm egal gewesen, weil nicht wirklich ein Mensch starb oder sonst irgendwie verletzt werden konnte.

Deswegen mochte er auch die GTA Spielreihe so sehr. Das war im Grunde das selbe Prinzip gewesen. Einfach in der Stadt herumlaufen und Chaos verbreiten. Im echten Leben wäre so etwas vollkommen katastrophal gewesen, als ein Videospiel jedoch, machte es irrsinnig viel Spaß fand er.

Genauso war es mit all den Horrorfilmen für ihn. Die konnte er sich ansehen ohne Mitleid oder ähnliches mit den Opfern zu haben. Doch im wahren Leben würde er das richtig erschreckend finden und wollen, dass die Täter angemessenen und gerecht bestraften werden.

Und Barlas war der Meinung gewesen, dass er damit nicht alleine auf der Welt stand und, dass noch viele weitere so denken würden wie er.

Solange es nicht echt war, war es in Ordnung.

Das war so in etwa sein Spruch beziehungsweise seine Ausrede gewesen, mit dem er sich selbst die Sache schön einredete.

So wie man jede Menge Kampfspiele in seinem Schrank finden konnte, so konnte man auch viele weitere Sachen bezüglich diesem Thema vorfinden.

Auf seinem Bücherregal zum Beispiel waren drei verschiedene Bruce Lee Actionfiguren, die alle, jeweils eine bekannte, Kampfpose von der Kung Fu Legende darstellten. Und auch Actionfiguren von der Anime-Serie Dragonball, sowie von den

Teenage Mutant Ninja Turtles, waren darauf vorzufinden.

Auf der Zimmerwand klebten sowohl kleine als auch mittelgroße Poster von der UFC sowie von seinem größten Idol Khabib Nurmagomedov. Filmposter von Jackie Chan und Scott Adkins auf dem er als Yuri Boyka posierte, klebten ebenfalls an der Wand. Zudem hatte er an seine Wände Boxhandschuhe und ein Nunchaku aufgehängt.

Am Boden lagen zwei 5 kg Hanteln und ein kleiner, 10 kg schwerer Boxsack war gegen die Wand angelehnt. Er hatte ursprünglich vor, sie an die Zimmerdecke zu befestigen und hinunterbaumeln zu lassen, hatte sich dann doch dagegen entschieden, weil er Angst hatte, die Decke könnte vielleicht einstürzen. Bei 10 kg eher unwahrscheinlich, aber er wollte es nicht riskieren.

Und auch eine Klimmzugstange war direkt über seiner Zimmertür an die Wand montiert gewesen.

An der betrieb er jeden Morgen etwas Sport und zog sich daran hoch, bevor er zu den Liegestützen und zu den Bauchmuskelübungen wechselte.

Und in letzter Zeit trainierte er etwas länger als sonst, weil er unbedingt fit genug für das anstehende Turnier sein wollte.

Aber im Moment war es Zeit ein wenig Pause von dem ganzen Training zu machen und ein wenig abzuschalten.

Ganz besonders gut ging das eben mit seinen Videospielen.

So war er also mittlerweile in das Spiel vertieft gewesen und schaltete einen Gegner nach dem anderen aus.

Seine Lieblingsmomente darin waren sämtliche sogenannte „Fatalities", die man am Ende der Kämpfe seinen Gegnern zufügte. Und die waren alle ziemlich brutal.

Im Moment war es schon wieder fast soweit gewesen und er sollte seinem Gegner den Gnadenstoß verpassen. Doch irgendwie schien sich das Bild zu verzerren. Als gäbe es eine Störung am Fernseher oder am Spiel selbst. Barlas nahm es zuerst nicht allzu ernst und ignorierte die nervige Bildstörung, die Anfangs noch schwach gewesen war, sich jedoch immer und immer mehr verschlechterte.

Nur wenige Sekunden später fiel das Bild komplett aus und Barlas starrte wütend in den flackernden Bildschirm seines Fernsehgerätes.

Er legte den Controller aus seiner Hand und näherte sich, vor Wut murmelnd, dem Fernseher zu. Er überprüfte sämtliche Kabeln und stellte fest, dass alles in Ordnung gewesen war. Nichts war locker oder ausgesteckt gewesen. Er versuchte die Konsole neu zu starten und hoffte, dass sie dann wieder funktionieren würde.

In der Zwischenzeit dachte er sich, dass es eventuell daran liegen könnte, weil er in letzter Zeit sehr oft damit gespielt hat und die Konsole oder vielleicht auch das Spiel eine Störung dadurch bekommen hat.

Diese Frage würde sich schon in nur wenigen Sekunden klären, sobald das Gerät neu gestartet wurde.

Und da war das Bild auch schon wieder. Die Konsole fuhr wie gewöhnlich, ohne Probleme, wieder hoch und das Bild am Fernsehgerät war nicht mehr verzerrt gewesen oder wies sonstige Probleme auf.

Wieder beruhigt ging Barlas zurück auf sein Platz, nahm den Controller in seine Hand und begann erneut zu spielen an. Doch kaum hatte er sich sein Kämpfer ausgewählt, trat erneut die Bildstörung auf. Jetzt wurde Barlas erst so richtig wütend. Genervt und wütend stand er wieder auf und ging mit trampelnden Schritten zu dem Fernsehgerät hinüber.

Und als er nur wenige Schritte davon entfernt war, tauchte plötzlich, für gefühlte zwei Sekunden, ein scheußliches und dämonisches Gesicht auf dem Bildschirm auf, das Barlas vor

Schreck aufschreien ließ und er reflexartig wieder ein paar Schritte zurücksetzte und verschwand dann wieder genau so plötzlich wie es erschienen war.

Er fiel beinahe mit seinem Hintern auf den Boden. Barlas wusste nicht, was das zu bedeuten hatte.

Wieso war ihm so eine grässliche Visage erschienen? War das vielleicht ein technischer Fehler gewesen? War das vielleicht eines der vielen Charaktere, die im Spiel vorkommen? Doch das konnte es nicht sein. Denn Barlas kannte bereits alle Charaktere, die darin vorkamen. Doch dann, als er so intensiv am Überlegen war, fiel ihm ein, dass ihm dieses grauenhafte Gesicht nicht allzu fremd vorkam. Er war sich sicher gewesen, dass er es schon mal irgendwo gesehen hatte, aber er konnte sich nicht so richtig daran erinnern.

Aber dann machte es „Klick" in seinem Gehirn und ein Schalter legte sich um.

Jetzt wusste er, woher ihm diese Visage bekannt vorkam. Jetzt wusste er, woher er dieses abscheuliche Gesicht kannte. Denn die Augen, dieses dämonischen Wesens brachten ihn dazu sich zu erinnern.

Es waren die selben glühenden und brennenden Augen gewesen, die er erst vor ein paar Stunden in der Stadt gesehen hatte. Es waren die selben orange-rot-gelb leuchtenden Augen, die zu dieser seltsamen Kreatur gehört hatten, die seine Einkaufstaschen in ihren verbrannten Händen gehalten hatte.

Nur jetzt, war das Gesicht nicht bedeckt gewesen. Jetzt hatte Barlas das richtige Gesicht von diesem Wesen, dem er kurz zuvor begegnet war, gesehen.

Doch was hatte das nur zu bedeuten? Wieso war es wieder aufgetaucht? Was wollte es von ihm? Wieso verfolgte ihn diese dämonische Gestalt? Würde es wieder erscheinen? Würde es ihn ewig verfolgen? Was war dieses verfluchte Ding nur?

Viele Fragen gingen Barlas durch den Kopf auf die er keine Antworten finden konnte. Während er angespannt und nervös mitten in seinem Zimmer stand und nachdachte, sprang er ein wenig vor Schreck auf als seine Mutter an seiner Tür klopfte. Sie hatte sein Schrei gehört und wollte nachfragen, ob alles ok war. So rief sie ihrem Sohn durch die verschlossene Tür hindurch:

>>*Barlas, mein Schatz! Ist alles ok da drinnen? Wieso hast du geschrien?*<<

Etwas aufgeregt gab er seiner Mutter eine Antwort:

>>*Ja, ja, hier ist alles ok. Bin nur mit meinem Fuß an das Bett gestoßen. Alles in Ordnung, keine Sorge!*<<

Esra war wieder beruhigt und sagte folgendes:

>>*Ok Schatz! Dann pass in Zukunft bitte besser auf!*<<

>>*Ist gut Mama, mache ich!*<<

Sagte er.

Esra verschwand hinterher in der Küche um das Abendessen zu kochen.

Barlas starrte immer noch entsetzt und schockiert den Bildschirm seines Fernsehgerätes an und dachte gar nicht daran, sein Zimmer zu verlassen, wie es möglicherweise alle anderen in so einem Fall machen würden. Womöglich würden sie sogar gleich die Wohnung verlassen. Stattdessen blieb er weiterhin in seinem Zimmer und beobachtete das Gerät, das ihm mittlerweile den Anschein vermittelte sich wieder beruhigt zu haben. Doch Barlas war davon nicht besonders überzeugt und entgegnete dem Gerät immer noch mit leichter Skepsis und verharrte weiter an seinem Platz um ganz sicher zu gehen, dass da auch wirklich wieder alles in Ordnung gewesen war.

Nachdem sich bereits seit einigen Minuten nichts getan hatte und keine weiteren grässlichen Fratzen am Bildschirm zu sehen waren, dachte sich Barlas, dass es mit dem Spuk nun vorüber war. Er machte sich daran das Fernsehgerät abzuschalten und griff nach der Fernbedienung. Doch sowie er den roten Knopf zum Ein- und Ausschalten darauf gedrückt hatte, gab das Fernsehgerät gleichzeitig einen leichten Knall von sich, der Barlas erneut aufschrecken ließ. Und wenige Sekunden danach stieg bereits auch schon Rauch aus allen Seiten des Fernsehgeräts hinaus.

Barlas, der nun endgültig mit aufgerissenen Augen schockiert davor stand, begriff die Welt nicht mehr.

Ohne weiter zu überlegen, entschied er sich, das Fernsehgerät sofort von seiner Wohnung hinauszuschaffen, bevor es noch mehr Schaden verrichten und somit noch schlimmere und verheerende Katastrophen passieren konnten.

Also trug er ganz vorsichtig das defekte Gerät, aus dem immer noch Rauchschwaden hervortraten, hinaus aus seinem Zimmer und somit auch endgültig aus seiner Wohnung.

Seine Mutter Esra bekam es mit und war darüber vollkommen aufgebracht gewesen. Sofort wollte sie wissen, was mit dem Fernsehgerät geschehen war:

>>*Oh mein Gott, Barlas! Was ist denn mit dem Fernsehgerät passiert?*<<

Barlas hatte auch schon eine passende Antwort parat:

>>*Ähm, naja, ich denke, ich habe es mit dem Zocken ein wenig übertrieben.*<<

Und setzte ein schiefes Lächeln auf.

Seine Mutter sah ihn mit strengen Augen an und sagte:

>>*Na großartig! Das musste ja eines Tages so kommen. Ich sagte dir doch, dass du nicht so oft Videospiele spielen sollst. Das hast du jetzt davon.*<<

Barlas nickte verlegen mit seinem Kopf und schwieg. Noch bevor er aus der Wohnung hinausgegangen war, setzte seine Mutter noch einen drauf:

>>*Das neue Fernsehgerät kannst du dann selbst bezahlen. Von mir bekommst du bestimmt keines mehr.*<<

Und wieder nickte er verlegen und sagte:

>>*Ja, ist gut Mutter. Jetzt bringe ich erst einmal diese alte Kiste in den Müllraum.*<<

Esra rollte mit ihren Augen und ging wieder zurück in die Küche.

Auf dem ganzen Weg bis in den Müllraum, hoffte Barlas, dass ihm diese erschreckende Gestalt nicht wieder begegnen und, dass er es wieder heil zurück in die Wohnung schaffen würde. Er atmete einmal tief ein und aus und machte sich auf den Weg zum Müllraum.

KAPITEL 3

DIE GEBURT EINES CHAMPIONS

Es waren bereits drei Tage ohne weitere mysteriöse Vorfälle vergangen. Seit dem Barlas das Fernsehgerät aus seinem Zimmer entsorgt hatte, war er diesem grauenhaften Wesen nicht mehr begegnet.

Er verrichtete seine Dienste als Securitymitarbeiter auf der Baustelle und ging abends zum MMA Training.

Und genau da befand er sich im Moment wieder. Nur noch wenige Tage lagen bis zu seinem großen Auftritt in der Hallmann Dome in Wien. Die großen Vendetta Fight Nights standen bevor und er wollte bei seinem ersten Turnier einen spektakulären und unvergesslichen Auftritt ablegen und so nicht nur Wien, sondern der gesamten Welt zeigen, was er drauf hatte.

Genau mit dieser Einstellung, mit dieser Motivation trainierte er in der Iron Fist Gym und versenkte einen harten Schlag nach dem anderen im Boxsack.

Sein Trainer konnte deutlich den Willen sehen, den Barlas in seinen entschlossenen Augen bewahrte. Er spürte das Flackern des Feuers, dessen Hitze ihn fast schon zum Schmelzen brachte.

So entschlossen und so motiviert hatte er Barlas noch nie zuvor erlebt. Daher machte es ihm umso mehr Spaß ihn dabei anzufeuern und ihn dadurch weiter zu motivieren.

Doch gleichzeitig brachte es fast sein Herz, zu erkennen, dass Barlas einfach nicht das Zeug zu einem guten Kämpfer hatte. Er beherrschte zwar teilweise die Technik und hatte definitiv auch die nötige Ausdauer und genauso auch die Leidenschaft, aber das alles war einfach nicht genug um beim Turnier teilnehmen zu können, geschweige denn zu siegen.

Als ein erfahrener Trainer und ehemaliger MMA Champion seines Herkunftslandes, der Slowakei, wusste er ganz genau, dass Barlas noch lange nicht soweit gewesen war um auch nur die geringste Chance bei einem so großen Turnier wie Vendetta, bei der die besten der besten Kämpfer teilnahmen, haben würde.

Sie würden ihn, schon in der ersten Runde, auseinandernehmen. Wie Hyänen es bei einer Gazelle tun würden.

So dachte er, die ganze Zeit über, wie er es Barlas am Besten vermitteln sollte.

Wie konnte er ihm nur sagen, dass er noch nicht bereit dafür war und, dass er lieber noch ein weiteres Jahr trainieren und erst dann am Turnier teilnehmen sollte? Wie sollte er es nur über's Herz bringen, einem so motivierten jungen Mann die Träume zu zerstören?

Das zerfraß ihn innerlich. Doch er musste es einfach sagen. Es blieb nichts anderes übrig. Entweder er sagte es jetzt und beschützte ihn davor oder er verschwieg es ihm und ließ ihn vor hunderten von Zuschauern zusammenschlagen und machte sich für seine entwürdigende Niederlage verantwortlich.

So verpasste er seinen Gedanken einen Schlag nach dem anderen während Barlas den Boxsack weiter schlug.

Er atmete einmal tief ein und aus, überwältigte seine Gefühle und brach das Training auf der Stelle ab um Barlas die unerfreuliche Nachricht endlich klar und deutlich übermittel zu können:

>>*Hey Barlas mein Junge!*<<

Barlas, der auf den Boxsack einschlug, als sei dieser sein Erzfeind gewesen, hörte schnaufend und leicht keuchend damit auf und sah, mit leicht nach links geneigtem Kopf seinen Trainer an.

Sein Trainer überreichte ich ein Handtuch, damit er sich den

Schweiß von seinem Kopf abwischen konnte und legte zugleich seine Hand auf Barlas' Schulter. Barlas nickte dankend und trocknete dich mit dem Handtuch ab.

>>*Du bist besser geworden.*<<

Lobte ihn der Trainer und sprach weiter:

>>*Viel stärker, entschlossener. Ich spüre die Leidenschaft und das Feuer in dir.*<<

>>*Danke!*<<

Sagte Barlas und trocknete sich weiter ab.

Sein Trainer nahm seine Hand wieder von seiner Schulter ab, biss sich kurz in seine Lippen und sagte, wie aus der Pistole geschossen:

>>*Aber du hast es leider noch nicht ganz drauf Junge.*<<

Barlas hörte vor lauter Schock auf sich abzutrocknen und stand einfach nur so da. Er war wie versteinert gewesen. Kein Muskel bewegte sich. Sein Kopf war nach unten geneigt und sein Gesicht sich zeigte eindeutig wie wütend er über das unerfreuliche Feedback seines Trainers gewesen war.

Sein Trainer bekam diesen Zustand von Barlas selbstverständlich mit und versuchte ihn mit folgen Worten wieder aufzubauen, doch vergebens:

>>*Hör zu Barlas! Du bist gut, ja das bist du wirklich, aber du bist leider noch nicht so gut, dass du an einem Turnier teilnehmen kannst. Und schon gar nicht bei so einem harten Turnier wie Vendetta. Du benötigst noch Zeit und mehr Training. Und ich bin mir absolut sicher, dass du, wenn du weiter so fleißig und ehrgeizig trainierst, schon nächstes Jahr teilnehmen kannst. Das garantiere ich dir. Doch für dieses Jahr,...geht es sich leider nicht aus.*<<

Barlas schwieg und verharrte weiter in seiner Position.

>>*Bitte, versuche mich zu verstehen. Ich will dich nur beschützen.*<<

Fuhr sein Trainer fort.

Barlas wurde wütender und kniff sich seine Lippen ganz fest zu während er seine beiden Hände zu Fäusten ballte.

Sein Trainer versuchte ihn weiter zu beruhigen und zur Vernunft zu bringen.

>>*Ich weiß, wie sehr dich das jetzt trifft Barlas, aber...*<<

Seine restlichen Worte blieben in seinem Mund stecken, als Barlas, ohne etwas zu sagen und seinem Trainer eines Blickes zu würdigen, einfach so, mit schnellen und wütenden Schritten, die Trainingshalle in Richtung Umkleidekabine verlassen hatte.

Ohne ihm hinterherzurufen oder ihn aufzuhalten blickte ihm sein Trainer traurig, verzweifelt und irgendwie auch von sich selbst enttäuscht hinterher.

Er war ratlos und wusste nicht, wie er ihm helfen konnte, das zu verarbeiten. Also ließ er ihn einfach gehen und hoffte, dass er sich in den nächsten Tagen wieder beruhigen würde.

In der Umkleidekabine angekommen, schlug Barlas voller Wut und mit all seiner Kraft, gegen seinen Spind, sodass alle anderen, die gerade dabei gewesen waren, sich für ihr Training umzuziehen, erschraken.

Auch Luuk, der zu diesem Zeitpunkt anwesend war, bekam die Aggression von Barlas mit und schon hatte er das Bedürfnis, sich einzumischen:

>>*Hey! Mach nicht so ein Krach! Du bist hier nicht alleine.*<<

Bei dieser unerträglichen Stimme von diesem Ungustl, wurde Barlas nur noch wütender, aber er versuchte seine Wut im Zaum zu halten und ignorierte ihn einfach.

Doch das fiel ihm nicht besonders leicht, da Luuk ihn weiter anstänkerte:

>>*Was ist los Barlas? Hat dich wieder jemand zusammengeschlagen?*<<

Luuk sah ihn an und lachte lauthals. Einige andere lachten

ebenfalls. Barlas warf Luuk wütende Blicke zu und sagte:
>>*Mich hat niemand zusammengeschlagen. Noch nie.*<<
Jetzt lachte Luuk umso mehr und erinnerte Barlas an den Vorfall von der vergangenen Woche:
>>*Also, ich bin mir ganz sicher, und ich weiß, dass viele der Anwesenden hier mir zustimmen werden, dass ich dich letzte Woche eindeutig zusammengeschlagen hatte.*<<
Wütend näherte sich Barlas Luuk zu, starrte ihn an. Er würde ihm nur zu gerne etwas darauf sagen. Eine gute Antwort darauf geben und ihn dadurch zum Schweigen bringen. Am Liebsten hätte er ihm eine reingehaut, doch irgendwie traute er sich das nicht. Vielleicht hatte er Angst vor Luuk. Vielleicht dachte er, dass er ihm tatsächlich nicht überlegen sei. Und er dachte sich auf jeden Fall, dass, wenn er schon mit so einem gemeinem Kerl wie Luuk nicht fertig werden konnte, wie sollte er dann seine Gegner beim Turnier besiegen? Hatte sein Trainer vielleicht doch recht? War er wirklich noch nicht bereit für einen richtigen Kampf gewesen?

Seine Gedanken waren viel zu sehr aufgewühlt in diesem Moment und er war nicht in der Lage anständig oder überhaupt denken zu können. Er sah nur eine tiefe und schwarze Leere. Er entschied sich, doch nichts zu sagen und musste eine weitere Erniedrigung von seinem Kontrahenten erdulden.

Er packte seine Sachen und verließ die Umkleidekabine ohne etwas zu sagen.

Luuk konnte sich die ganze Zeit über den frechen Grinser aus seinem Gesicht nicht zurückhalten und provozierte Barlas absichtlich damit.

Er wusste ganz genau, dass Barlas nicht den Mumm hatte ihm eine zu verpassen. Luuk wusste ganz genau, dass Barlas ein Feigling gewesen war, der sich einfach nicht traute, sich mit ihm auf einen richtigen Kampf einzulassen. Und die Tatsache, dass er wieder, einfach so abgehauen ist, bewies ihm, dass Barlas eben nur ein Schwächling gewesen war, der bei einem Turnier wie Vendetta keine Chance hätte.

Selbst ein so erfahrener und selbstbewusster Sportler wie Luuk traute sich nicht einmal selbst daran teilzunehmen und bevorzugte es lieber noch ein wenig zu warten.

Wie sollte es also, seiner Meinung nach, jemand wie Barlas es schaffen?

Noch bevor Barlas die Umkleidekabine zur Gänze verlassen hatte, winkte ihm Luuk spöttisch hinterher und rief ihm folgendes zu:

>>*Machs gut du Niete! Geh lieber nach Hause und spiele mit deinen Videospielen. Dort hast du zumindest die Chance ein Champion zu werden.*<<

Danach lachten er und seine engsten Freunde ganz laut auf.

Barlas war nicht nur wütend, er war so richtig verärgert gewesen. Vollkommen angepisst, wie die Jugend so sagen würde. Zudem war er völlig zerstreut, weil all seine Träume und Hoffnungen mit nur ein paar lächerlichen Worten seines Trainers regelrecht zu Staub zermalmt wurden.

Über die Sache mit Luuk würde er schon drüber hinwegkommen, aber, dass sein Trainer dachte, dass er noch nicht bereit für seinen großen Auftritt in der Hallmann Dome wäre, zerfraß ihn innerlich. Darüber würde er bestimmt nicht so schnell wieder hinwegkommen. Ausgerechnet sein Trainer hatte ihm, wenn auch nur verbal, einen K.o.-Schlag verpasst. Und dieser Schlag hatte es in sich. Er traf ihn ziemlich hart und er hatte sich in diesem Moment wie eine Mauer gefühlt, die von einer großen und schweren Abrissbirne getroffen wurde.

Mit Wut angefressen und dem Staub seiner zerfallenen Träume, die seine Gedanken verdeckten, befand sich Barlas auf den dunklen Straßen von Wien und hatte den Weg zu sich nach Hause eingeschlagen.

Da sowohl seine Gedanken als auch seine Gefühle alle durcheinander waren, wollte Barlas diesmal nicht mit der U-Bahn nach Hause fahren. Stattdessen wollte er lieber spazieren um sich dadurch vielleicht, wenn auch nur ein wenig, wieder beruhigen zu können. Er wollte dadurch einfach nur Stress abbauen und wieder auf klare Gedanken kommen.

So ging er also, kopfhängend und seine Sporttasche geschultert, mit langsamen und nachdenklichen Schritten die total menschenleere und ruhige Gasse entlang.

Auf dem Weg, für den er sich entschieden hatte, musste Barlas unter der U-Bahn Brücke hindurch spazieren, unter der sich tagsüber viele Skater und Jugendliche trafen um sich gegenseitig coole und meist auch tollkühne Tricks vorzuführen. Manchmal trafen sich auch Jugendliche, die sich ihre eigens ausgedachten Rap Texte gegenseitig vortrugen und sich mit ihren Smartphones aufnahmen um in den Sozialen Medien einen gewissen Bekanntheitsgrad zu erlangen und dadurch auf viele Klicks und Likes hofften.

Doch gegen zweiundzwanzig Uhr in der Nacht, befand sich keiner darunter. Zumindest nicht in jener Nacht, in der Barlas traurig und wütend zugleich unter ihr hindurch spazierte.

Als er gerade am anderen Ende wieder hinausgekommen war, konnte er, anhand seines peripheren Blickwinkels, eine schwarze Silhouette, die gegen die Mauer an der Ecke gelehnt war, erkennen. Aber er schenkte ihr keine Aufmerksamkeit, weil er viel zu sehr mit seinen Gedanken beschäftigt gewesen war und ging einfach weiter.

Barlas befand sich etwa nur zwei Meter von diesem Schatten, der seiner Meinung nach, einem Obdachlosen oder einem Junky gehören musste, entfernt, als eine tiefe und männliche

Stimme in seine Ohren drang.

>>*Hallo Barlas!*<<

Er blieb auf der Stelle stehen und bewegte sich eine Zeit lang nicht.

Die düster klingende Stimme dürfte dafür gesorgt haben, dass er zumindest für einen kleinen Moment, seine Gedanken vergisst und jetzt nur noch über die Stimme, die eindeutig zu ihm gesprochen hatte, nachdenkt.

Barlas war leicht erschrocken und auch nervös gewesen. Er grübelte, während er die ganze Zeit über reglos dastand, in seinen Gedanken nach, wer diese Person sein konnte, die mit einer dunklen Stimme zu ihm gesprochen hatte.

Wer war er? Woher kannte er seinen Namen? Was wollte er von ihm?

Um all diesen Fragen ein Ende zu bereiten, blieb ihm nichts anderes übrig als sich dieser mysteriösen Person zuzuwenden und mit ihr zu reden.

Langsam drehte sich Barlas um und blickte in das Gesicht eines düsteren Mannes, dessen Haut von Falten nur so überlagert gewesen war. Er war von oben bis unten schwarz gekleidet und trug über seinem eleganten Anzug einen langen schwarzen Mantel. Auf seinem kahlen Kopf trug er einen ebenso schwarzen Panamahut. So völlig bedeckt in Schwarz, wirkte er in der dunklen Ecke, wie mit der Nacht verschmolzen zu sein.

Als würden er und die Dunkelheit eine Einheit bilden.

Sobald dieser unheimlicher und mysteriöser Mann einen kleinen Schritt aus der dunklen Ecke in Richtung Barlas gemacht hatte, konnte nun Barlas weitere Details von ihm erkennen.

Der düster wirkende Mann, stützte sich mit einem sehr edel aussehendem Gehstock ab. Der Gehstock war ebenfalls pechschwarz und schien aus Metall zu sein.

Seine Hände, die aus den Ärmeln seines Mantels herausragten, waren, genauso wie sein Gesicht auch, blass und faltig. Die schrumpeligen Hände leuchteten schon fast wie die Scheinwerfer eines Fahrzeuges, unter der völlig schwarzen Bekleidung des alten Mannes.

Seine weißen und spitz geformten Nägel sahen aus als hätten sie tiefe Furchen. Sie erinnerten Barlas an die geriffelten Chips, die er so gerne gegessen hatte.

Er hatte sehr dünne und schmale Lippen, die wie vertrocknet ausgesehen hatten und in denen kein Gramm Blut zu fließen schien. Eine leicht spitze und kleine Nase ragte aus dem Zentrum seines Gesichtes hervor und seine Augen bestanden aus nichts als tiefe Kälte und Leere.

Barlas bekam die Kälte förmlich zu spüren als er in sie hineinblickte. Ein sehr kalter Schauder lief ihm in dem Augenblick über den Rücken.

Und seine Ohren erst.

Seine Ohren wirkten schlabbrig und berührten schon fast seine hochgezogenen Schultern, die wie zwei spitze Türme in den Himmel ragten.

Er war sehr dürr und hatte einen leichten Buckel am Rücken, wodurch sein Oberkörper leicht gebeugt geformt gewesen war.

Obwohl es eine warme Jahreszeit war und die Nacht eine angenehme hohe Temperatur aufwies, trat aus seinem Mund weißer Nebel hervor, den man sonst in eisiger Kälte beim Ausatmen oder Sprechen bekommen hatte.

Barlas, dem all das sehr merkwürdig vorgekommen war, bekam allmählich Gänsehaut dabei.

Doch er wollte dem fremden Mann nicht anmerken lassen, dass dieser ihm furchteinflößend vorkam und versuchte ruhig und gelassen zu wirken.

>>Haben Sie soeben nach mir gerufen?<<

Fragte Barlas mutig und selbstbewusst.

Der düstere Mann starrte Barlas weiter mit seinen nahezu toten Augen schweigend an, während er sich mit langsamen Schritten ihm näherte.

Barlas versuchte immer noch mutig zu wirken und bewegte sich nicht von seinem Fleck. Er stand nach wie vor an seinem Platz und starrte mit ernsten Blicken den mysteriösen und schwarzgekleideten Mann an. Er machte einen flüchtigen Blick auf dessen Gehstock, den er langsam anhob um ihn wieder, mit etwas mehr Druck, auf den Boden zu stampfen.

Der Kontakt zwischen dem Gehstock und dem Straßenboden erzeugte jedes Mal ein leichtes und zischendes Feuerfunken, so als ob er sich jeden Moment anzünden würde. Es erinnerte Barlas an ein Streichholz, den man vergeblich versuchte anzuzünden. Zudem ertönte dabei ein dumpfes Geräusch, so als ob von irgendwo aus der Ferne ein Bassgeräusch bis zu ihnen hinüber reichen würde.

Jedesmal, sobald dieses komische Geräusch ertönte, bebte die Brust von Barlas im Takt mit. So als würde es ihn beherrschen und steuern. Aber er versuchte so ruhig wie möglich zu bleiben und kämpfte, ohne es sich anmerken zu lassen, mit all seiner Kraft dagegen und versuchte so das innerliche Beben zu unterdrücken.

Je näher der alt und gebrechlich wirkende Mann kam, umso besser konnte Barlas den Kopf des Gehstocks erkennen.

Da war eindeutig ein aggressiv blickender menschlicher Totenkopf mit zwei langen und spitzen Hörnern, die direkt aus seiner Stirn herausragten, zu sehen. Die Augenhöhlen schienen rötlich zu glühen. Die Hörner ähnelten, denen eines Steinbocks und der gesamte Kopf an sich erinnerte Barlas an den Teufel.

Jetzt blieb der alte Mann, etwa nur einen Meter von Barlas entfernt, stehen, beugte sich ein wenig zu ihm hinunter und starrte

51

ihm so in seine Augen.

Dann richtete er sich auf und sagte mit einer dunklen und tiefen Stimme:

>>*O ja, du bist es in der Tat. Ohne Zweifel.*<<

Barlas war verwirrt und wusste nicht wovon dieser seltsamer alter Mann gesprochen hatte. Er erinnerte sich an den Vorfall am vergangenen Wochenende und daran, wie ihm dieses unheimliche Wesen, der völlig in eine dunkelblaue Burka für Männer eingehüllt gewesen war. Der war ihm dann auch noch später zu Hause in seinem Fernsehapparat erschienen.

Also schluckte Barlas einmal kräftig und wollte nun folgendes wissen:

>>*Sind Sie etwa dieses eine Wesen, das mich neulich am Wochenende heimgesucht hat?*<<

Der alte dürre Mann schwieg einen Moment eher er ihm eine Antwort gegeben hatte:

>>*Nein, der war ich nicht.*<<

Sein nebeliger Atem löste sich direkt vor den ängstlichen Augen von Barlas in Luft auf.

Jetzt war Barlas erst richtig verwirrt gewesen und das konnte man deutlich an seinem fragenden Gesichtsausdruck erkennen. Was ging hier nur vor sich? Wieso waren ständig irgendwelche Kreaturen und seltsame Wesen in seiner Nähe? Was wollten sie nur von ihm?

Während Barlas in tiefen Gedanken schwelgte wurde er von der furchteinflößenden und dunklen Stimme unterbrochen, die sofort wieder seine vollste Aufmerksamkeit erlangen konnte:

>>*Über ihn werde ich dich noch später genauer aufklären. Doch jetzt würde ich mich gerne mit dir vorerst über eine andere Sache unterhalten.*<<

Barlas' Verwirrung nahm zu und entwickelte sich auch zeitgleich langsam in Wut, wodurch er folgendes darauf antwortete:

>>*Hören Sie Mann!...Ich habe keine Lust mich mit Ihnen zu unterhalten. Sie scheinen nicht ganz dicht zu sein. Ich bin ohnehin bereits verärgert. Sie sollten lieber besser aufhören fremde Personen zu belästigen. Und überhaupt,...ich bin MMA Kämpfer und ich verprügle Sie auf der Stelle, wenn Sie mich auch nur auf die geringste Art und Weise anfassen sollten. Ist mir echt egal, ob Sie alt und krank sind. Ich breche Ihnen sämtliche Knochen.*<<

Gleich danach schulterte Barlas seine Sporttasche erneut, kehrte dem unbekannten Mann den Rücken zu und ging weiter seines Weges.

Während seines gesamten Vortrages hatte ihm der unbekannte Mann aufmerksam zugehört und hatte dabei die ganze Zeit über eine todernste Visage aufgesetzt.

Nachdem zweiten Schritt von Barlas stand der unheimliche alte Mann plötzlich direkt vor ihm, sodass Barlas mit einem kurzen Aufschrei einen großen Sprung nach hinten machte.

Er war verblüfft und erschrocken zugleich und fragte sich innerlich, wie das nur möglich sein konnte.

Er sah sich verwirrt und benommen um, doch niemand sonst, außer ihm und dem alten mysteriösen Mann, war weit und breit zu sehen. Seine Sporttasche war ihm aus seiner Hand gefallen.

Sein Herz klopfte wie verrückt und noch bevor er wieder klaren Verstand fassen konnte, ergriff der schauderhafte alte Mann, mit seiner dunklen Stimme, erneut das Wort:

>>*Was ist los? Du siehst so aus, als hättest du ein Geist gesehen?*<<

Er fing langsam und düster zu lachen an, während Barlas ihn stillschweigend mit großen Augen einfach nur angesehen hatte. Denn zu mehr, war er in diesem Moment, nicht fähig gewesen.

>>*Ich habe nicht ewig Zeit junger Mann.*<<

Fuhr der seltsame Mann fort und fügte hinzu:
>>*Ich bin hier, weil ich dir ein Geschäft vorschlagen
möchte...*<<
Er hielt ein wenig inne, während Barlas all dies noch verarbei-
tete.
Der düstere Mann holte eine Art weißes gerolltes Papier oder
Brief, Barlas konnte es von seinem Standpunkt aus nicht genau
identifizieren, aus der Innentasche seines langen schwarzen
Mantels hervor und rollte es auf. Erst jetzt und auch wegen
dem Rascheln, das wie dünnes Papier klang, das man auffal-
tete, konnte Barlas deutlich erkennen, dass es auch tatsächlich
ein Stück weißes A4 Papier gewesen war.
Der unheimliche Mann rollte es langsam auf, streckte seinen
langen und dürren Arm aus und hielt es Barlas entgegen.
Der wiederum streckte mit zu zwei ganz dünnen Schlitzen ge-
kniffenen Augen sein Kopf nach vorne und wollte sehen, was
der Mann ihm damit zeigen wollte.
Aber er konnte es nicht lesen. Es war viel zu dunkel und zudem
stand er einige Meter davon entfernt.
>>*Was soll das? Was ist das für ein Fetzen von Papier, dass
sie mir da vor die Nase halten? Ich kann es von hier aus nicht
lesen verdammt!*<<
Gab Barlas genervt, aber auch nervös zu Protokoll.
Und plötzlich, wie als würde er mit Schlittschuhen auf dem Eis
gleiten, bewegte sich der düstere Mann, ganz schnell in Richtung Barlas zu und stand in nur Sekunden direkt vor ihm.
Barlas verstand die Welt nicht mehr.
>>*Und? Wie ist es jetzt?*<<
Fragte der unheimliche alte Mann.
>>*Ja, jetzt ist es deutlich besser.*<<
Sagte Barlas ganz aufgeregt und verängstigt.
>>*Gut!*<<

Sagte der Mann in Schwarz, nahm den Arm wieder runter und fuhr fort:

>>*Das was ich dir gerade eben vor deine Nase gehalten hatte, nennt man einen Vertrag...Es handelt sich jedoch hierbei nicht um einen gewöhnlichen Vertrag, wie du ihn bestimmt kennen wirst, sondern um einen ganz besonderen.*<<

Ohne ihn zu unterbrechen hörte Barlas dem alten Mann zu, der während seines ganzen Vortrages über, langsam auf und ab ging und dabei mit dem Fuß seines Gehstocks die Feuerfunken aufflackern ließ.

Mit seiner tiefen und dunklen Stimme sprach er weiter:

>>*Ich kenne dich Barlas. Ich kenne dich sehr gut sogar. Und ich weiß von deinem großen Traum. Deinem Traum, der nächste MMA Champion zu werden. Doch leider wird dir dieser Wunsch verwehrt, richtig? Denn keiner glaubt an dich und an dein Talent. Jeder lacht dich aus. Sie verspotten dich. Sie nehmen dich nicht ernst. Selbst dein Trainer ist der Meinung, dass du eine absolute Niete bist.*<<

Diese Worte des fremden Mannes machten Barlas sowohl trauriger als auch wütender als zuvor. Je mehr er sprach umso größer wurden sein Hass und seine Wut. Er ballte seine Hände fest zu Fäusten zusammen und blickte, mit Tränen in den Augen, auf den dunklen Boden hinunter. All seine Gedanken, die er für eine kurze Zeit verdrängt hatte, weil er vom Erscheinen des düsteren Mannes abgelenkt gewesen war, kamen wieder hoch.

Er konnte alles wieder hören und sogar spüren. Die gemeinen und zerstörerischen Worte seines Trainers, die Gelächter der anderen Sportler und auch das Gespött von Luuk. Sie blühten alle wieder in seinen Gedanken auf und verwelkten auch wieder zugleich. Am Liebsten würde er es ihnen allen wieder heimzahlen.

Der unheimlich aussehende Mann sprach weiter:
>>*Ich weiß ganz genau, was im Moment in dir vorgeht mein lieber Barlas. Ich weiß es ganz genau...Du würdest ihnen allen gerne das Gegenteil beweisen. Du würdest ihnen gerne zeigen, dass du kein Versager bist. Du würdest ihnen gerne zeigen, dass du besser bist als sie alle...Nun ja,...ich könnte dir dabei helfen.*<<

Als er diesen Satz hörte, wurden seine Fäuste langsam wieder lockerer und er richtete sein Kopf wieder auf und blickte den unheimlichen Mann mit fragenden Blicken an.

Und erst jetzt, spürte er etwas dunkles, schweres und böses in sich, das er sich nicht erklären konnte. Es fühlte sich so an, als hätte dieser unheimliche Mann, schon die ganze Zeit über, die Kontrolle über ihn. Als würde er ihn lenken, ihn steuern. Als würde er seine Gedanken manipulieren.

Doch irgendwie konnte er sich aus diesem seltsamen Bann nicht befreien und versuchte auch nicht einmal dagegen anzu-kämpfen.

Stattdessen stand er nur da und hörte dem alten Mann weiter zu, der ihn langsam aufklärte:
>>*Ich kann dir dazu verhelfen, dass du am Ende zu dem Champion wirst, der du so sehnlichst sein möchtest...Doch die Sache hat einen Haken.*<<

An dieser Stelle wurde es für Barlas erst richtig interessant, weswegen er auch gleich seine Frage stellte:
>>*Und welcher Haken soll das sein?*<<

Der unheimliche Mann blieb sofort stehen und fing wieder langsam und düster zu lachen an. Danach beantwortete er ihm seine Frage:
>>*Du musst für mich arbeiten.*<<

Barlas hatte wieder einen fragenden Gesichtsausdruck, der jedoch gleich wieder verschwinden sollte.

>>Ganz recht mein lieber Barlas. Du musst für mich arbeiten.<<
Fuhr der Mann fort.
>>Ich habe bereits eine Arbeit und bin ganz zufrieden damit, aber nur so aus Neugierde,...was für eine Arbeit soll das denn sein?<<
Wollte Barlas wissen.
Der unheimliche alte Mann sah mit halbgeöffneten Augen Barlas an. Er grinste ihn dabei süffisant und wie ein kleines Kind, das jemandem einen bösen Streich gespielt hatte, an.
>>Du sollst mein persönlicher Bodyguard sein.<<
Nun war Barlas richtig verwirrt und fragte:
>>Ihr Bodyguard?...Sind sie prominent oder so?<<
Der alte Mann lachte innig und erwiderte:
>>Könnte man sagen...Denn weißt du mein Junge?...Ich bin der Teufel höchstpersönlich.<<
>>Was? Der Teufel wollen Sie sein?...Wieso zum Teufel soll der Teufel ein Bodyguard brauchen?...Sie sind nicht der Satan. Sie sind ein Scharlatan.<<
Sagte Barlas, woraufhin der Mann, der behauptete, der Teufel zu sein, erneut düster und innig lachte und sagte:
>>Du schmeichelst mir mein Junge.<<
Sein nebeliger Atem formte sich kurzfristig in einen menschlichen Totenkopf und löste sich sofort wieder auf.
Barlas antwortete nicht darauf.
Der angebliche Teufel sprach weiter:
>>Wenn dich meine kleinen Spezialeffekte nicht beeindruckt und auch nicht überzeugt haben, dann vielleicht das hier.<<
Und ehe sich Barlas versah, befand er sich auch schon, von einer Sekunde zur nächsten, an einem unheimlichen Ort wieder, deren Umgebung nicht genau zu erkennen war, weil alles um ihn herum verschwommen wirkte. Zudem war es sehr sch-

wül, sodass er sofort zu schwitzen anfing. Von dem alten Mann war nichts zu sehen. Barlas rief und schrie ein paar mal dasselbe hinterher:

>>*Hallo! Ist da jemand? Wo sind Sie? Wo bin ich hier?*<<

Doch er bekam keine Antwort. Stattdessen hörte er das Echo seiner Rufe, die zu ihm zurückschallten.

Dann versuchte er einen Schritt vorwärts zu machen und fiel ganz plötzlich in ein tiefes und schwarzes Loch hinein. Er schrie sich seine Kehle Wund, weil er einfach, vor lauter Angst, nicht aufhören konnte, zu schreien. Er fiel und fiel und fiel immer tiefer und weiter in die scheinbar endlose Schlucht hinein.

Während er, seine Hände schützend vor seinem Gesicht haltend, immer weiter fiel, konnte er dann doch am Boden der langen und dunklen Schlucht etwas glühen sehen. Und je weiter er sich näherte umso größer und klarer wurde es.

Nur wenige Meter darüber, konnte er nun erkennen, was da unten so hell glühte.

Es war heißes und blubberndes Lava gewesen. Er konnte die Hitze mittlerweile auch schon spüren und schrie dadurch nur noch lauter.

Egal was er auch versuchte dagegen zu unternehmen, er schaffte es einfach nicht den Sturz zu stoppen um so verhindern zu können, dass er in das Meer aus Feuer fiel.

Er fiel immer weiter und die Hitze verbrannte ihn schon in der Luft. Er konnte den gewaltigen Schmerz spüren und auch sehen, wie kleine Hautfetzen sich von seinem jungen Körper lösten.

Und dann, raste er, wie ein Meteor, in das flüssige Feuer hinein und verschwand darin.

Nur kurzer Zeit später fand er sich, wieder heil und unversehrt, in einer dunklen und kalten Kammer wieder. Er atmete dabei, vor lauter Schreck, sehr schnell ein und aus und schrie immer wieder um Hilfe. Er bemerkte, dass er weder seine Arme noch seine Beine bewegen konnte. Er wusste nicht, was mit ihnen geschehen war. Doch dann gingen die Lichter an und die Kammer wurde hell erleuchtet.

Erst jetzt konnte er sehen, dass seine Gliedmaßen abgesägt neben ihm lagen, während sein Torso, auf dem nur noch sein Kopf dran gewesen war, auf einem kalten Metalltisch gelegen hatte. Jetzt schrie er erst recht laut auf und rief stärker und lauter um Hilfe, die jedoch niemals kommen sollte.

Irgendetwas schien sich in seinem durchtrainiertem Bauch zu bewegen. Er wandte seine ängstlichen Blicke drauf und konnte erkennen, dass sich sein Bauch langsam aufblähte.

Ihm blieb nichts anderes übrig als geschockt zuzusehen und abzuwarten, was nun als nächstes passieren würde.

Sein Bauch wurde immer größer und größer und bekam bereits kleine Risse, die zu bluten anfingen. Es dauerte nicht lange und schon platzte sein Bauch mit großen Schmerzen auf. Barlas war immer noch wach und musste all das miterleben. Nichts davon war ihm verschont geblieben. Er selbst wurde nicht vor all dem Grauen nicht verschont.

Es war wie in der Hölle, dachte er sich. Und genau in diesem Moment, befand er sich wieder in den Straßen Wiens und stand keuchend und sich den Bauch haltend unter der U-Bahn Brücke wieder. Ihm war übel gewesen, woraufhin er sich auf der Stelle übergeben musste.

Es wehte ein leichter Wind und schon stand der alte und unheimliche Mann wieder vor ihm und starrte mit düsteren Blicken Barlas an, der fast schon dabei war, seine Organe auszukotzen. Seine rot angelaufenen und mit Tränen gefüllten Augen drohten aus ihren Löchern herauszufallen. So übel war es ihm bis dahin noch nie ergangen.

Als er endlich fertig gekotzt hatte, spuckte er noch ein paar mal kräftig um auch die restliche Magensäure loszuwerden und hockte sich anschließend auf den Straßenboden nieder, während er sich den Mund mit seiner Hand abwischte.

>>*Und?...Waren das nun genug überzeugende Spezialeffekte oder muss ich dir noch mehr vorführen?*<<

Fing der düstere Mann zu fragen an.

Barlas, der erst einmal wieder zu Atem kommen musste, schüttelte seinen Kopf und versuchte ein „Nein" aus seinem klebrigen Mund herauszubringen.

>>*Gut! Das ist gut.*<<

Sagte der alte Mann, von dem Barlas nun mehr als nur überzeugt gewesen war, dass er tatsächlich der Teufel in Person war, und sprach mit seiner dunklen und tiefen Stimme weiter:

>>*Da dies nun endgültig geklärt worden ist, möchte ich auf mein ursprüngliches Gespräch zurückkommen...Und zwar auf das geschäftliche.*<<

Barlas versuchte ihm gut zuzuhören.

>>*Ich habe dich auserwählt mein lieber Barlas...*<<

Sagte der Teufel und fuhr fort:

>>*...Weil du erstens in der Sicherheitsbranche tätig bist und bereits als Security arbeitest und weil du, und damit wären wir bei Punkt Zwei, ein Kampfsportler bist. Du bist also perfekt um zu meinem persönlichen Bodyguard zu werden.*<<

Danach streckte er seinen dürren und knochigen Arm aus und aus seiner faltigen und schrumpeligen Hand trat Feuer aus. Und aus diesem Feuer bildete sich erneut das weiße A4 Papier. Er hielt es erneut Barlas entgegen und sagte:

>>*Es gibt für jeden Menschen einen Grund, wieso er auf dieser Welt ist. Und deiner ist es, mein persönlicher Begleitschutz zu sein...Selbst ich, der Teufel, habe meine Feinde. Es sind nicht menschliche Wesen und Kreaturen aus der Hölle, die sich gegen mich verschworen haben...Sie möchten mich alle*

aus dem Weg schaffen um somit die Kontrolle über die Unterwelt erlangen zu können. Das war nicht immer so, musst du wissen. Sie haben sich erst gegen mich verschworen als einer von ihnen, ein sehr mächtiges Wesen, ein Dämon, den man unter dem Namen „Der Peiniger" kennt und den ich leider alleine nicht überwältigen kann, sich zu deren Anführer erklärt hat. Jedes Wesen, ganz gleich, ob irgendeine Kreatur oder ein anderer Dämon, der sich gegen ihn gestellt hatte, wurde von ihm gnadenlos vernichtet. Und jetzt hat er es geschafft sich eine ganze Armee von Dämonen und Kreaturen aufzubauen, mit dessen Hilfe er mich von meinem Thron stürzen möchte. Er möchte der neue Herrscher über die gesamte Unterwelt sein und seine eigenen Gesetze und Regeln einführen. Mit ihm ist nicht zu spaßen und vernünftig reden kann man auch nicht mit ihm. Alles was er kennt, ist die pure Zerstörung und Vernichtung von alles und jedem...Dieses Wesen, das dich verfolgt hatte,...das war er.<<

Barlas machte ganz große Augen als er das gehört hatte. Und sie wurden immer größer je mehr der Teufel von ihm erzählte:

>>Aus irgendeinem Grund hat er es diesmal auf dich abgesehen. Du bist wohl der nächste auf seiner Liste...Ich bin mir zwar nicht sicher, aber ich denke, er weiß, dass du der Auserwählte bist, der mich beschützen soll und der einzige bist, der ihn aufhalten und ihm gefährlich sein kann. Deswegen hat er dich jetzt schon aufgespürt und hat vor dich umzubringen.<<

Barlas war verwirrt und er war verzweifelt und verängstigt gewesen. Er war sprachlos und wusste nicht was er darauf sagen oder wie er darauf reagieren sollte.

Der Teufel schlug ihm nun das endgültige Geschäft vor:

>>Wie gut, dass ich dich noch vor ihm erwische. So helfe ich auch dir, dich vor ihm zu retten...Hier ist der Vertrag, den ich

bereits vorhin erwähnt hatte...Wenn du diesen Vertag unter-
zeichnest, bist du mir solange gebunden, bis ich deine Dienste
nicht mehr benötige...Dann lasse ich dich wieder frei und du
kannst gehen mein lieber Barlas.<<
Und wieder grinste er ganz frech als würde er etwas im Schilde
führen.
Barlas schwieg zuerst und stellte dann folgende Frage:
>>Was springt für mich dabei heraus?<<
Und da war es wieder. Das dunkle und innige Lachen. Seine
Schultern bewegten sich jedes Mal dabei auf und ab als würden
sie sich unabhängig von seinem Körper bewegen.
>>Sobald du deine Dienste an meiner Seite geleistet und den
Peiniger vernichtet hast, werde ich dir deinen größten Wunsch
erfüllen. Ich mache dich dann zu dem größten und
unschlagbaren MMA Champion, den die Welt je gesehen hat,
aber vorher wirst du erst einmal zu meinem Champion wer-
den...Und alles was du dafür tun musst, ist diesen Vertag hier
zu unterzeichnen...Also? Barlas? Was sagst du zu meinem
großzügigen Geschäftsangebot?<<
Barlas hielt kurz inne und überlege für einen Moment.
Der Deal hörte sich für Barlas ziemlich gut und sehr verlockend an. Doch irgendwie war er sich dennoch nicht sicher,
ob er diesem alten Mann vertrauen kann. Schließlich war er der
Teufel höchst persönlich. Was wenn er sich nicht an sein Versprechen halten würde? Was wenn er den Deal einfach wieder
auflösen würde? Was wenn hinter dieser ganzen Sache eine
gemeine List stecken würde? Ihm wurde sehr mulmig und un-
wohl bei all diesen Gedanken. Der Teufel erkannte die unangenehme Lage von Barlas und war selbstverständlich nicht er-
freut darüber gewesen, dass er so sehr über dieses einzigartige
Geschäft grübelte und wollte ihm helfen seine Entscheidung
einfacher zu machen. Denn wenn es um derartige Verträge

ging, konnte der Teufel die Gedanken eines Menschen nicht kontrollieren. Sie müssten denn Vertrag aus eigenem Willen unterzeichnen. Nur so, würde der Vertrag in Kraft treten und wäre mit sofortiger Wirkung gültig. Aber er konnte die Menschen manipulieren, in dem er sie mit vielen guten Dingen, die er ihnen versprach, anlockte und sie dadurch am Ende doch noch für sich gewann. Er machte die Deals stets geschmackvoll und schmierte einem Menschen gerne Honig ums Maul.

Es sei denn, die- oder derjenige selbst oder eines ihrer geliebten und engen Familienmitglieder hatten eine unheilbare Krankheit. Dann dachten sie nie nach und unterzeichneten den Vertrag meistens sofort. Diejenigen hatte der Teufel am Liebsten. Doch bei Barlas traf dies, zu seinem Pech, nicht zu. Also setzte er seinem aktuellen Deal wie folgt noch einen drauf und versprach Barlas folgendes:

>>*Wenn du hier und jetzt, diesen Vertrag unterzeichnest und mir dadurch die Treue schwörst, dann sorge ich dafür, dass du nicht nur ein Champion für die Ewigkeit wirst und ein Leben in Reichtum und Ruhm mit deiner Mutter hast, sodass ihr euch alles leisten könnt, wonach eure Herzen sich nur begehren,... dann erfülle ich dir, sobald du deine Dienste abgeleistet hast, einen zusätzlichen Wunsch. Ganz egal was du willst, ich gebe es dir. Aber nur danach!*<<

Mit einem weiteren frechen Grinser auf seinem Gesicht wartete er nun geduldig und hielt den Vertrag weiter ausgestreckt in seiner Hand.

Für Barlas wurde es immer enger mit seiner Entscheidung. Ein weiterer Wunsch klang großartig.

Und diesmal nickte er doch noch mit seinem Kopf und sagte:

>>*Ist gut. Einverstanden. Ich nehme den Deal an und werde den Vertrag unterzeichnen.*<<

Der Grinser in seinem Gesicht wurde breiter als der Teufel

endlich die zufriedenstellende Antwort von Barlas erhalten hatte und sagte, fast schon flüsternd, wodurch sein nebeliger Atem dichter wurde, bevor er sich wieder langsam auflöste:
>>Guuut!<<

Barlas griff nach dem Vertrag, der ihm schon die ganze Zeit über vor das Gesicht gehalten wurde und fragte gleichzeitig:
>>Haben Sie ein Stift? Ich habe keinen da.<<

Und wieder grinste der Teufel frech und sagte:
>>Verträge dieser Art werden nicht mit Stiften unterzeichnet.<<

Barlas sah ihn mit fragenden Blicken an, während der Teufel nach seinem linken Zeigefinger griff. Gleichzeitig hob er seinen rechten Zeigefinger und piekste mit seinem rasierscharfen Fingernagel in Barlas' Finger hinein und drückte das Blut aus, sodass es direkt auf den vollkommen leeren Vertrag tropfen konnte.

Barlas hatte leicht gezuckt und zischte dabei mit seinem Mund, weil das Pieksen ein wenig schmerzhaft gewesen war.

Sobald sein Blut mit dem Vertrag in Berührung gekommen und von ihm eingesogen wurde, konnte Barlas diverse unbekannte Schriftzeichen darauf erscheinen sehen. Nichts davon konnte er lesen und ehe er den Teufel fragen konnte, was da alles draufgestanden und, ob das die Sprache der Unterwelt war, ließ dieser ihn in einer kleinen Flamme verschwinden. Barlas' Blut war nun auf dem Vertag und somit war das Geschäft endgültig und unwiderruflich abgeschlossen. Nachdem er den Vertrag, wie in einer billigen Zaubershow verschwinden ließ, setzte der Teufel ein ernstes Gesicht auf und sagte zu Barlas:
>>Nun,...wir sind im Geschäft. Der Vertrag ist ab sofort gültig. Von jetzt an, stehst du mir jederzeit zur Verfügung.<<

Barlas hörte ihm schweigend zu. Der Teufel sprach noch einen letzten Satz, bevor er sich in Luft auflöste:

>>*Wenn es soweit ist, werde ich dich rufen.*<<
Und dann war er ganz plötzlich verschwunden. Noch gerade
eben stand er direkt gegenüber von Barlas und jetzt war er weg.
Barlas sah sich um, um nachzusehen, ob er noch irgendwo zu
sehen war, aber es gab keine Spur von dem unheimlichen alten
Mann.
Er war weg.
Danach blickte Barlas auf sein Zeigefinger, mit dem er den
Vertrag, quasi unterzeichnet, hatte und stellte fest, dass die
Stichwunde wieder verschwunden war. Da war nichts mehr zu
sehen. Kein Blut, kein Einstich, nichts.
Barlas war auch darüber sehr verwundert gewesen und rieb
sich ganz erschöpft mit beiden Händen das Gesicht, bevor er
seine Sporttasche wieder schulterte und sich, so schnell wie
möglich, auf den Weg nach Hause machte.
Diesen Tag, würde er definitiv nicht wieder so schnell vergessen.
Denn zu diesem Zeitpunkt, war ihm noch nicht bewusst gewesen, in was für eine böse Sache er sich da eingelassen hatte.
Aber das sollte er schon bald, auf eine sehr harte Art und Weise, in Erfahrung bringen.

KAPITEL 4

RUNDE 1

Esra schlief bereits als Barlas endlich wieder zu Hause angekommen war.

Es war bereits kurz vor Mitternacht gewesen und somit viel zu
spät für sie um noch länger auf ihren Sohn zu warten.

Sie musste ja noch schließlich recht früh aufstehen um es recht-
zeitig zur Arbeit zu schaffen.

Sie hatte ihrem Sohn eine kleine Notiz am Küchentisch hinterlassen auf der draufstand, dass das Essen noch im Backofen
liegt und er, sobald er fertig gegessen hat, den Rest in den
Kühlschrank stellen soll.

So hatte es Barlas dann auch getan, nachdem er, noch so spät in
der Nacht, zwei Stück vom köstlich zubereiteten Käse-Börek
gegessen hatte.

Er wusste ganz genau, dass es nicht gut gewesen war, so spät
noch etwas zu essen, vor allem etwas so fettiges das um die
Uhrzeit sehr schwer im Magen liegen würde. Von den ganzen
Kohlenhydraten ganz zu schweigen. Aber es war ihm egal ge-
wesen. Er war sehr hungrig und noch dazu frustriert über den
Vorfall in der Iron Fist Gym gewesen und darüber, dass sein
Trainer an seinen Fähigkeiten als MMA-Kämpfer zweifelte.
Zudem musste er noch seine Begegnung mit dem Teufel ir-
gendwie verarbeiten.

Er konnte nicht aufhören daran zu denken. Diese seltsame und
vollkommen unerwartete Begegnung hatte ihn den gesamten
Weg, bis nach Hause, beschäftigt und somit den Vorfall in der
Gym irgendwie verdrängt. Dass das keine Traum oder eine
Einbildung gewesen war, war ihm klar. Denn es war einfach
viel zu realistisch um es als eine Einbildung beziehungsweise

als eine spätere Verarbeitung von dem was in der Gym vorgefallen war abstempeln zu können. Im Nachhinein hatte er Zweifel über seine Entscheidung und darüber, dass er vielleicht doch nicht hätte den Vertrag unterzeichnen sollen.
Aber die Versprechungen waren einfach viel zu verlockend gewesen um sie zu ignorieren oder sie gar abzuschlagen.
Er wollte ja der beste MMA-Kämpfer werden. Er wollte unbedingt ein Champion werden. Doch er hätte es viel lieber auf dem regulären Weg geschafft und nicht durch eine Geschäftsvereinbarung mit dem Teufel. Er war einfach zu dem Zeitpunkt viel zu besessen von den Gedanken ein Champion zu werden gewesen. Er hatte nur noch Schwarz gesehen und war nicht in der Lage eine kluge Entscheidung zu treffen. Er wollte es. Er hatte es gefühlt. Ob das nun das Werk des Teufels war oder nicht. Er spürte ganz genau, dass es ein gutes Gefühl war.
Allein die Gedanken daran, dass er es allen, die nicht an ihn glaubten, wie sein Trainer oder dieser gemeiner Luuk, zeigen könnte, ihnen das Gegenteil beweisen könnte, es ihnen allen heimzahlen könnte, sorgten für Befriedigung.
Denn Barlas war davon überzeugt gewesen, dass er es sich sehr wohl verdient hatte, bei Vendetta, bei den Austrian Fight Nights dabei zu sein und sein Können unter beweis zu stellen.
Und wenn alle anderen der Meinung waren, dass es nicht so wäre, dann sollten sie es eben auf diese Art und Weise in Erfahrung bringen.
Mit diesen positiven Gedanken und einer guten Stimmung, legte sich Barlas, nachdem er etwas länger geduscht hatte, in sein Bett und versuchte einzuschlafen. Denn auch er musste früh aufstehen um zur Arbeit zu fahren.
Und um einen ausreichenden Schlaf zu bekommen, waren nicht gerade viele Stunden übrig geblieben.
Deswegen wäre es umso besser, wenn er sofort einschlafen könnte.

Bis er dann endlich tief und fest eingeschlafen war, hatte er sich mehrmals hin und her gedreht um eine angenehme Schlafposition einnehmen zu können.

Und kaum war er eingeschlafen, wurde er wieder ein wenig unruhig.

Denn Barlas bekam plötzlich Albträume.

Albträume hatte Barlas sonst nie gehabt, und jetzt schienen sie an ihm fest dran zu hängen.

Während er noch schlief bewegte er seinen Kopf einmal nach links und einmal nach rechts und schwitze dabei.

Es dauerte nicht lange, da begann er auch am ganzen Körper leicht zu zittern an.

Es war eindeutig, dass er etwas schlechtes träumte.

Und so war es auch.

Er wurde von einem sehr unheimlichen und außerordentlich schrecklichen Albtraum geplagt.

Es schien fast so, als würde er mit aller Kraft dagegen ankämpfen wollen, sich davon zu befreien, als würde er ganz schnell wieder aufwachen wollen, aber der Albtraum schien ihn daran zu verhindern. Was auch immer der Grund dafür war, was es auch immer gewesen war, es wollte nicht, dass Barlas aufwacht. Es hielt ihn fest, es hielt ihn gefangen und wollte einfach nicht loslassen. Es schien Spaß daran zu haben Barlas damit zu quälen.

Also blieb Barlas nichts übrig als diesen grauenhaften Albtraum über sich ergehen zu lassen.

So träumte er abwechselnd viel schreckliches, wie zum Beispiel davon wie seine Mutter ihm ganz liebevoll ein Topf Suppe auf den Esstisch stellt, er den Deckel abnimmt und feststellt, dass anstatt der erhofften Suppe menschliches Blut mit ausgerissenen Augäpfeln sich darin befinden. Entsetzt steht er von seinem Stuhl auf und sieht sofort zu seiner Mutter hinüber, die mit dem Rücken zu ihm steht. Er ruft nach ihr, doch sie reagiert nicht. Danach bewegt er sich mit ausgestrecktem Arm langsam zu ihr, greift ihr auf die Schulter und dreht sie langsam zu sich. Erneut muss er mit Entsetzen einen großen Sprung nach hinten machen, als er sieht, dass die Gestalt, von der er dachte, sie sei seine Mutter, ein grauenhaftes Wesen ist, dessen Haut, wie geschmolzenes Plastik, hinunter schwappte und in den Augenhöhlen sich keine Augen befanden. Stattdessen krochen dünne und kleine Schlangen aus ihnen heraus.

Sofort, mit Rekordgeschwindigkeit, verließ er die Küche und anstatt sich im Wohnzimmer zu befinden, befand er sich mitten in einem Kampfkäfig. Er sah sich um, konnte jedoch niemanden sehen. Keine Zuschauer, kein Schiedsrichter, kein Gegner, niemand außer er selbst. Gefangen wie ein wildes Tier, das sich im Käfig befindet. Als er gerade feststellte, dass er seine MMA Sportbekleidung anhatte, hörte er auch schon ein Trampeln, bei dem die gesamte Erde bebte. Kaum sah er wieder hoch, bekam er auch schon einen sehr harten Schlag, den mal als Uppercut kannte, direkt unter seinen Unterkiefer und flog regelrecht in der Luft, bevor er mit seinem Rücken hart auf dem Boden landete. Er war noch kaum zu sich gekommen, da wurde er von dem großen Wesen gepackt und hochgehoben. Erst jetzt konnte er sehen, dass er mit einem Dämon kämpfte. Seine Haut wirkte schleimig und hatte eine grünlich-violette Farbe. Sowohl aus seinem Rücken, entlang der Wirbelsäule, als auch aus seinen Schultern ragten kleine Hörner heraus. Er hatte weder eine Nase noch ein Mund. Nur zwei große gelbe Augen befanden sich in seinem Gesicht. Er war gut über zwei Meter lang und hatte ordentliche Muskeln am gesamten Körper. Und nur mit einem Arm hielt er Barlas in der Luft und drückte ihm dabei seine Kehle zu. Erst jetzt hörte Barlas im Hintergrund ein jubelndes Publikum. Als er mit seinen Augen gerade noch so das

Publikum betrachtete, sah er ein grauenvolles Wesen nach dem anderen. Keiner von ihnen war menschlich. Nur Gestalten aus den Tiefen der Unterwelt.

Und da sah er ihn wieder. Das Wesen, das ihn am Wochenende verfolgt hatte. Und wieder war er voll verschleiert und wieder sah Barlas nur seine Augen, während er immer noch hoch über dem Boden mit seinen Beinen zappelte.

Das mysteriöse Wesen hob gerade seine Hand hoch, sodass seine langen und dünnen Finger zu sehen waren, da rammte der Kampfdämon auch schon seine Faust mitten durch die Brust von Barlas, sodass sich dieser geschockt wieder seinem unmenschlichem Widersacher widmete. Aus irgendeinem Grund war er aber nicht tot. Er konnte immer noch den Arm des Dämons in seiner Brust spüren. Blut lief ihm aus seinem Mund heraus als der Dämon den Arm wieder aus ihm herausgezogen hatte.

Das ungeheuerliche Publikum im Hintergrund jubelte und schrie. Der Dämon ließ Barlas wieder auf den Boden fallen, der sich sofort wie ein Käfer zusammengezogen und dabei das große Loch in seiner Brust geschockt angesehen hatte.

Dann packte ihn der Dämon am Rücken und warf ihn zu der Käfigwand, sodass Barlas mit voller Wucht dagegen knallte ehe er sich wieder am Boden vorgefunden hatte. Diesmal wurde er von seinen Haaren hochgezerrt, sodass dabei die scharfen Fingernägel des Dämons, seiner Kopfhaut tiefe Kratzer zufügten.

Schmerzerfüllt schrie Barlas wieder, doch es war vergebens. Er schien dem Dämon nicht gewachsen zu sein. Er versuchte sich von dessen Fängen zu befreien, aber er war viel zu schwach dafür.

Und ehe Barlas sich versah, rammte der Dämon sein Gesicht ganz fest auf den Boden, sodass es wie eine Kokosnuss aufbrach. Die Nase von Barlas war ganz tief in sein Kopf gedrückt und viele Brüche und Risse verzierten sein Gesicht. Er war nicht mehr wiederzuerkennen.

Aber er war immer noch nicht gestorben. Er spürte immer noch alles mit. Jeden einzelnen Griff, jedes einzelne Schlag. Nichts blieb ihm erspart. Er bekam die volle Montur ab.

Der Kampf nahte so langsam dem Ende zu und wurde dadurch beendet, als der Dämon, den völlig angeschlagenen Körper von Barlas mit beiden Händen hoch über seinem Kopf hob, ihn dabei an Armen und Beinen festhielt und so Barlas in zwei Hälften riss.

Das Blut und die Eingeweide von Barlas regneten auf den Kopf des Dämons, der den entzweiten Körper von Barlas einfach fallen ließ. Barlas war immer noch nicht gestorben. Er bekam alles zur Gänze mit und wünschte sich nichts sehnlicher als den Tod in diesem Moment.

Der Dämon verließ den Käfig als Sieger und kaum war er weg, schon stürmten die Kreaturen aus den Zuschauertribünen in den Käfig hinein und ergötzten sich an den Überresten von Barlas, der alles mit Entsetzen ansehen musste. Sie knabberten an seinen Knochen und leckten das Blut auf dem Boden ab. Er sah, wie drei Kreaturen sich um die Gedärme von ihm stritten und sie in sämtliche Richtungen auseinanderzogen.

Und als er vollkommen aussichtslos seinen Kopf nach hinten auf den Boden neigte, sah er die mysteriöse Gestalt direkt über sich stehen. Sie machte mit ihrer Handfläche eine schlagende Bewegung auf Barlas' entstelltem Gesicht und Barlas spürte in diesem Moment, das alles um ihn herum plötzlich ruhig und finster geworden war. Er öffnete langsam seine Augen und erkannte, dass er sich wieder vollkommen unversehrt auf einer dunklen Straße befand.

Er sah sich um und konnte niemanden sehen. Kein einziges

Licht brannte in den Wohnungen um ihn herum. Dieser Moment gab ihm das Gef
ühl, als wäre er der einzige Mensch auf der Erde gewesen.
Doch dann leuchteten plötzlich die Straßenlaternen auf und schon hatte er einen etwas besseren Blick auf seine Umgebung. Aber auch jetzt konnte er niemanden sehen.
Er ging ein paar Schritte vorwärts und sah eine dunkle Gestalt vor sich stehen. Als er genauer hingesehen hatte, stellte er fest, dass es wieder die verschleierte männliche Gestalt gewesen war. Er stand einfach nur da und beobachtete ihn mit seinen glühenden Augen. Es war fast so wie auf der Einkaufsstraße gewesen. Nur viel unheimlicher.
Wütend und mit Tränen in den Augen schrie er die Gestalt an:
>>*Wer bist du? Was soll das alles hier? Was willst du von mir?*<<
Doch auch diesmal würdigte ihm das Wesen keine Antwort.
Daraufhin wurde Barlas nur noch wütender und lief direkt auf das Wesen zu. Dieser stand weiterhin still und seelenruhig an seinem Platz und beobachtete Barlas.
Barlas holte zum Schlag aus und war gerade dabei ihm eine kräftig zu verpassen, doch in dem Moment löste er sich wieder in der Luft auf.
>>*Wo bist du, du Feigling? Komm doch her! Zeig dich!*<<
Barlas war am Ende mit seinen Nerven gewesen. Er begriff die Welt nicht mehr. Die ersten Tränen kullerten ihm schon über das Gesicht als er auf seine Knie hinunter ging und auf den Boden starrte.
In diesem Moment spürte er, dass das unheimliche Wesen, direkt vor ihm stand. Barlas hob sein Kopf und fragte völlig erschöpft:
>>*Sag mir doch, was du von mir möchtest?*<<
Das Wesen starrte ihn eine Weile an und dann sprach er end-

lich zu ihm. Seine Stimme war, ähnlich wie der des Teufel, tief:

>>*Du wirst noch früh genug erfahren wer ich bin.*<<

Barlas blickte ihn verwirrt an und wusste nicht, was er damit sagen wollte. Noch bevor er etwas sagen konnte, war das Wesen auch schon wieder verschwunden.

Er richtete sich langsam wieder auf und sah in den dunklen Himmel hinauf und erkannte, dass ein schwarzer Punkt, der direkt auf ihn zuraste und dabei immer größer wurde. Barlas wusste nicht was genau das war und begriff nicht, dass er kurz davor stand von etwas Unbekanntem angegriffen zu werden. Als das unbekannte Etwas nur noch wenige Meter über ihm stand und größer geworden war, erkannte Barlas um was es sich dabei handelte. Doch es war viel zu spät. Das Ding, das ein knochendürres Geisterwesen war, erreichte ihn bereit mit offenem Maul und war dabei nach ihm zu schnappen. Doch in dem Augenblick wurde Barlas aus seinem Traum herausgerissen und wachte schweißgebadet und bebender Brust auf. Er atmete ganz schnell ein und aus und blickte auf die Uhr. Es war vier Uhr am Morgen gewesen und er stellte fest, dass er das alles nur geträumt hatte. Wieder beruhigt legte er sich zurück in sein Bett und lag einige Sekunden darin um sich wieder zu beruhigen.

Danach stand er auf und ging ins Bad um sich erneut zu duschen. Er nahm eine kalte Dusche um so wieder zu Sinnen zu kommen und den Albtraum quasi abzuwaschen.

Während die kalten Wasserstrahlen ihm auf die Schädeldecke klatschen, konnte er die ganze Zeit über nicht aufhören an seinen Albtraum zu denken.

Vor allem das verschleierte Gesicht des Peinigers, wie der Teufel ihn nannte, erschien ihm jedes Mal wenn er seine Augen schloss.

Er war ihm zuerst mitten auf der Straße und später in seinem Fernsehgerät erschienen. Und jetzt verfolgte er ihn auch noch in seinen Träumen. Barlas hatte einfach keine Ahnung, was der Peiniger von ihm wollte.

War der Peiniger wirklich hinter ihm her gewesen, weil er ihn umbringen wollte um so leichter an den Teufel heranzukommen? Oder steckte etwas anderes dahinter?

Er rieb sich ein paar mal die Augen und klatschte sich selber auf die Wangen, um sowohl diesen Albtraum als auch all diese offenen Fragen von seinen Gedanken abzuschütteln.

Nach der Dusche zog er sich frische Bekleidung an und beschloss darauf zu warten bis es Zeit für die Arbeit gewesen war. Schlafen konnte er nicht mehr. Und für seinen täglichen Morgensport war er auch keine Lust mehr. Er ging in die Küche um sich eine Kleinigkeit zum Frühstück vorzubereiten. Seine Mutter schlief immer noch tief und fest ein. Sie hatte noch ein paar Stunden Schlaf.

Er verhielt sich daher ruhig um sie nicht zu stören.

Und erst in der Küche spürte er, dass etwas seltsames und ungewohntes in seinem Körper vorging.

Er spürte, dass er fitter war als sonst. Selbst nachdem er seinen morgendlichen Sport gemacht hatte, fühlte er sich noch lange nicht so fit wie in diesem Moment.

Er fühlte sich so, als hätte er jede Menge Powerpillen geschluckt.

Er erinnerte sich an seine Begegnung mit dem Teufel von letzter Nacht und auch an den Vertrag. Er dachte daran, dass diese plötzlichen energischen Gefühle womöglich daher gekommen waren. Anscheinend hatte sich der Teufel tatsächlich an die Abmachung gehalten und ihm die nötige Kraft und Energie gegeben, der zukünftige MMA Champion zu werden.

Barlas konnte sich ein leichtes Lächeln dabei nicht verkneifen. Er beschloss es nicht länger zu beachten und widmete sich lieber seinem Frühstück zu.

Eine Schüssel NOUGAT BITS.

In der Zwischenzeit saß der Peiniger, in einem der vielen Orte, die sich in der Hölle befanden, auf seinem Thron.

Er hatte zwar noch immer dieses Männerburka an, aber sein Gesicht und auch sein Kopf waren nicht mehr bedeckt gewesen.

Er hatte eine Glatze von dem, jeweils links und rechts, drei kleine stumpfe gelbliche Hörner hinausragten, die leicht nach oben verkrümmt waren. Seine Haut sah frisch verbrannt aus und die Farbe ähnelte dem der von Menschen. Er hatte keine sichtbaren Ohren und auch keine richtige Nase. Sie war etwa bis zur Hälfte abgeschnitten und ähnelte so einem Totenschädel.

Seine Lippen wirkten normal, waren jedoch pechschwarz. Die Zähne waren allesamt spitz, wie die eines Krokodils und deren Farbe war nichts weiß, sondern dunkelgrau. Und seine Zunge war schmal wie die einer Schlange, aber sie war nicht gespalten. Sie sah vielmehr aus wie der Schwanz einer Ratte oder aber auch wie ein halber Wurm. Zudem war sie knallrot gewesen.

Statt Augenbrauen befanden sich ebenfalls drei, viel kleinere und spitze, gelbliche Hörner über seinen glühenden Augen.

Sein Thron hatte er sich selbst zusammengebaut und er bestand aus den Knochen und Schädeln von Dämonen, die er persönlich getötet hatte. Ganz oben auf der Lehne des Throns, ragte ein knöcherne Hand mit spitzen Fingernägel aus und wirkte so, als würde sie etwas unsichtbares halten. Diese besondere Stelle auf seinem Thron, war für den Kopf des Teufels gedacht gewesen. Dort sollte der Kopf vom Satan für immer und ewig ruhen, nachdem der Peiniger ihn getötet hatte und so der neue Herrscher über die Hölle geworden war.

Doch seine ursprünglichen Pläne wurden von ihm zunichte gemacht, als er diesen menschlichen Jungen, genannt Barlas Aykan, zu seinem persönlichen Bodyguard gemacht hatte. Barlas hatte zwar noch keine Ahnung, aber der Peiniger wusste ganz genau, über welch eine große Kraft und Macht er von nun an verfügte. Und es war ihm klar, dass er ihn aus dem Weg räumen musste, bevor Barlas seine neuen Kräfte entdecken würde.

So saß er nachdenklich auf seinem großen Thron bestehend aus Dämonenknochen und starrte in die Leere.

Links und rechts daneben, ruhten, an den Thron angekettet, zwei der Kreaturen, die man in der Hölle als Retorra kannte.

Die Retorras waren einer der vielen verschiedenen Rassen von Höllenhunden und sie waren die schlimmsten von allen. Denn die Retorras waren die einzigen Kreaturen, die sich ausschließlich von Dämonen ernährten. Es erforderte eine sehr hohe Macht um diese abscheulichen Kreaturen zu zähmen und sie als Haustiere zu halten. Und über eine solche hohe Macht verfügten sehr wenige in der gesamten Hölle zu denen auch der Peiniger gehörte. Daher fürchteten sich viele Dämonen vor ihnen und gingen ihnen lieber aus dem Weg.

Die Retorras liefen auf vier Beinen und hatten eine Ähnlichkeit mit einem Menschen. Sie konnten bis zu einer Länge von 1,60 Meter groß werden. Statt eines Schwanzes wie bei einem Hund, hatten sie, direkt über ihren Gesäßen, einen etwa anderthalb Meter langen Giftstachel wie der eines Skorpions, den sie, bei Bedarf verlängern konnten. Ihre Hände wirkten menschlich, jedoch waren die Finger deutlich länger. Die Krallen waren kurz, aber dafür scharf wie ein Skalpell. Zwischen ihren Fingern befanden sich Schwimmhäute. Die Hinterbeine waren, an den Knien, leicht nach innen verkrümmt, sodass sie problemlos aufrechtstehen und auch besser und weiter abspringen konnten.

Zudem konnten sie selsbt an glatten Wänden oder sonstigen Oberflächen problemlos klettern und sich fortbewegen.

An ihren Füßen befand sich jeweils ein einziges zehähnliches Glied, aus denen wiederum jeweils aus der Mitte eine Kralle herausragte, die wie eine Sichel geformt waren.

Ihre Hautfarbe war ähnlich wie die eines Nacktmulls und sie waren weder behaart noch gefiedert oder geschuppt gewesen. Sie waren vollkommen nackt. Doch ihre Geschlechtsteile waren nicht zu sehen, da sie sie nur dann herausholten, wenn es Zeit für die Paarung gewesen war. Zudem verfügten die Weibchen nicht über gewöhnliche Frauenbrüste, sondern hatten, genau wie bei Menschenhunden auch, viele kleine Zitzen auf ihrem Oberkörper.

Die Retorras hatten auch Köpfe, die denen von Menschen ähnelten, jedoch hatten sie keine Gesichter. Sie hatten keine Augen und auch keine Nasen. Stattdessen hatten sie an der Stelle der Nasen, zwei kleine Löcher, durch denen sie die Gerüche, selbst über viele Kilometer hinweg, wahrnehmen konnten.

Ebenso hatten sie anstatt von Ohren zwei kleine Löcher an den Stellen, an denen eigentlich Ohren sein sollten. Und auch die konnten diverse Klänge über Kilometer wahrnehmen.

Da sie über keine Augen verfügten, waren sie auf diese zwei ausgeprägten Sinne angewiesen gewesen.

Ihre Mäuler befanden sich direkt an ihren Hälsen und waren kaum sichtbar, solange sie geschlossen waren. Denn Lippen oder ähnliches hatten sie nicht, die sie erkennbar machten. Nur wenn sie fraßen oder gähnten wurden sie sichtbar. Die Retorras hatten viele feine und spitze Zähne in ihren Mäulern, die ihnen das Kauen und Zerstückeln ihrer Beute viel leichter und angenehmer machten. Und sie verfügten über eine dreißig Zentimeter lange und schleimige blaue Zunge auf der kleine, spitze Stacheln waren. Sie waren so dick wie menschliche Zungen, jedoch wesentlich dünner, sodass sie sie problemlos in alle möglichen Formen falten konnten.

Die Retorras waren sehr faszinierende Wesen, aber sie waren auch zugleich sehr abscheulich und sehr gefährlich.

Auf zwei Beinen konnten sie sich viel schneller fortbewegen als auf allen Vieren. Und auch wenn man es ihnen nicht ansehen konnte, waren sie sehr starke Kreaturen. Wenn sie mal einen gepackt hatten, war es bereits zu spät gewesen. Man konnte sich nicht mehr aus ihren kräftigen Armen, die gar nicht so kräftig wirkten, befreien. Und ehe man sich versah, spürte man, wie einem die Knochen gebrochen werden, während man, zur selben Zeit, ihren Giftstachel in seinem Körper spürte.

Deswegen wollte keiner von diesen Höllengestalten einem Retorra begegnen und sie gingen ihnen lieber aus dem Weg, als sich mit ihnen anzulegen.

Aber nicht so mächtige Dämonen wie der Peiniger.

Er war nicht nur in der Lage gewesen sich mit ihnen anzulegen und sie zu besiegen, sondern er hielt sie sogar als Haustiere bei sich.

Weswegen ihn alle anderen Dämonen umso mehr fürchteten.

So saß der Peiniger in Gesellschaft seiner zwei Retorras auf seinem knöchernen Thron und überlegte sich einen Plan, wie er Barlas aus dem Weg schaffen könnte.

Und es dauerte auch nicht allzu lange, da fiel ihm auch schon etwas ein.

Eifrig erhob er sich von seinem Thron und zog dadurch die Aufmerksamkeit seiner beiden Schoßhunde auf sich, die ihre Köpfe sofort in seine Richtung aufrichteten.

Seine beiden glühenden Augen in die Leere gerichtet, sprach er

zu seinen treuen Kreaturen:
>>*Steht auf meine Retorras!...Es wird Zeit für eine deftige Füt-terung.*<<
Sofort richteten sich die beiden Kreaturen auf und warteten auf allen Vieren auf ihren nächsten Befehl.
Und der lautete wie folgt:
>>*Geht!...Geht und schnappt euch den Jungen Namens Barlas Aykan. Spürt ihn auf und zerreißt ihn auf der Stelle!*<<
Sobald der Peiniger zu Ende gesprochen hatte, schloss er die Ketten der beiden männlichen Retorras auf und ließ sie frei.
So wie sie frei waren, liefen sie auch schon hinaus aus dem Thronsaal und folgten einem langen und dunklen Gang, der sie in einen anderen Raum führte. Dort angekommen sprangen sie durch einen Portal hindurch, der sie direkt auf die Erde beför-dern sollte.

Barlas hatte bereits mit dem Sicherheitsdienst auf der Bau-stelle begonnen und saß gelangweilt in seinem kleinen Con-tainer drinnen.
Er starrte nachdenklich in die Luft während der ganze Krach und Lärm von der Baustelle sich in seine Ohren hineinbohrten.
Überall liefen laute Maschinen. Genauso auch laut brummende Fahrzeuge, die alle verschiedene Aufgaben erfüllten.
Lautes Klippern und Klappern auf dem gesamten Feld, der einer einzigen Ruine glich.
Viel Dreck und Staub wirbelten dicht in der Luft umher und sorgten für ein trübes und beeinträchtigtes Sichtfeld.
Bei dem Druck den die Presslufthammer verursachten, wäh-rend sie sich durch den harten und soliden Asphalt hindurch-bohrten, bebte sogar sein Container im fast selben Takt mit.
Eigentlich war es vielmehr ein leichtes Vibrieren als ein Beben.
Dennoch unerträglich.

Und dann auch das ganze Geschrei und Gerufe der Bauarbeiter, die sich wild durcheinander über die gesamte Baustelle verteilten.

Doch das alles beschäftigte Barlas nicht allzu sehr, da seine Gedanken seine gesamte Konzentration viel mehr in Anspruch nahmen, als der Krach, der von der Baustelle aus ging.

Zum Einen konnte er nicht aufhören daran zu denken, was sein Trainer ihm gesagt hatte und zum Anderen musste er an den Vertrag mit dem Teufel, aber auch an den Peiniger denken.

Und dieser beschäftigte ihn vielmehr.

Barlas wusste, dass er ihm schon bald wieder begegnen würde, aber er wusste nicht wann und wo das sein würde.

Und er wusste auch nicht, wie es beim nächsten Mal für ihn ausgehen würde. Würde er wieder mit einem großen Schrecken davonkommen? Wohl kaum, hatte er das Gefühl.

Während er an den Peiniger dachte, fiel ihm sein kaputtes Fernsehgerät wieder ein und, dass er sich vorgenommen hatte, nach Dienstschluss, ein neues zu kaufen, bevor er nach Hause gehen würde.

Das war ein guter Vorwand für ihn gewesen, sich diesmal eines mit einem größeren Bildschirm zu kaufen.

So würde das Zocken davor umso mehr Spaß machen.

Er blickte auf die Uhr, die über der Eingangstür des Containers gehangen hatte und seufzte, weil er noch ganze fünf Stunden bis zum Beenden seines Dienstes hatte. Erst nach fünf Stunden sollte er von einem seiner Kollegen abgelöst werden.

Fünf Stunden konnten verdammt lang sein, wenn man einfach so, ohne eine Tätigkeit, herum gesessen und nichts getan hatte.

Vor einiger Zeit hatte er noch eine PlayStation Portable, abgekürzt als PSP, eine tragbare Sony PlayStation, mit der man, wie mit einer Nintendo Game Boy, einfach so überall in der Hand spielen konnte. Eines Tages hatte er auf dem Heimweg damit etwas unachtsam gespielt, sodass es ihm aus der Hand gefallen und auf der Stelle kaputt gegangen war. Darüber hatte er sich selbstverständlich sehr geärgert, aber ändern konnte er nichts mehr daran.

Seither hatte er zwar vor sich ein neues zu kaufen, aber er kam einfach nicht dazu. Er war viel zu sehr auf sein Training und auf seine Karriere als Profikampfsportler konzentriert gewesen. Doch es schien im Moment so, als würde er wieder mehr Zeit dafür haben, nachdem all seine Träume und Hoffnungen, bereits in der ersten Runde schon, K.o geschlagen wurden.

Im Moment schien es so, als würde er für alles mehr Zeit finden können.

Und genau in dem Moment dachte er sich, dass der Teufel, laut dem Vertrag, den er unterzeichnet hatte, ihm versprochen hatte, dass er doch noch am Ende ein Champion sein würde.

Also überlegte er sich, ob er es erneut im Iron Fist Gym probieren sollte. Er überlegte sich, ob er erneut mit seinem Trainer darüber sprechen sollte. Vielleicht würde jetzt wirklich alles anders werden, weil er ja eine Abmachung mit dem Teufel hatte.

Und genau da wurde er wieder stutzig und das kleine Licht der Hoffnung, schien wieder langsam abzunehmen.

Denn ihm war eingefallen, dass er all das erst dann erreichen würde, nachdem er die Forderungen des Teufels erfüllt hatte. Er musste zuerst seinen Job als Bodyguard beenden und den Teufel vor dem Peiniger beschützen. Erst dann würde sich der Teufel an die Abmachung halten und ihm seinen größten Wunsch erfüllen.

Doch wie sollte er das nur machen? Wann würde der Teufel ihn damit endgültig beauftragen? Wie sollte er das erfahren? Erneut viele Fragen, die seine Gedanken beschäftigten und den Baustellenlärm deutlich dämpften.

Während er wieder so intensiv über vieles nachdachte, merkte er gar nicht, dass der Lärm da draußen, plötzlich verschwunden war. Der gesamte Krach und das Gebrüll der Bauarbeiter waren weg. Der Lärm hatte aufgehört. Er war von der einen Sekunde zu dem anderen vorüber. Doch Barlas merkte es nicht. Er dürfte sich bereits an den Krach gewöhnt haben, sodass er ihm nicht mehr auffiel.

Doch nach einer Weile, fielen ihm die plötzliche Ruhe und die Stille dann doch noch auf und er fand es sehr merkwürdig.

Er dachte zunächst, dass die Bauarbeiter vielleicht eine Pause eingelegt hätten, aber die hatten sie bereits vor vierzig Minuten gemacht. Er blickte erneut auf die Uhr um sich wegen der Pausenzeit zu vergewissern und wurde von den Stunden- und Minutenzeigern bestätigt. Er hatte recht. Die Pausenzeit war bereits vorüber gewesen.

Aber was sonst könnte zu dieser unheimlichen Stille geführt haben? Fragte er sich im Geiste und beschloss nachzusehen.

Er zog sich seine gelbe Weste an und setzte sich den Sicherheitshelm auf, sowie es auf der Baustelle Vorschrift gewesen war und trat aus seinem Container heraus.

Draußen war weit und breit kein einziger Bauarbeiter zu sehen.

Zudem war der Himmel etwas dunkler geworden. Anstatt dem strahlendem und klarem Blau war er plötzlich grau gewesen.

Dicke grau-weiße Wolken bauschten sich über seinem Kopf auf und zogen schneller über ihm als er es von den Wolken sonst gewöhnt gewesen war.

Das war sehr seltsam und auch unheimlich zugleich.

Barlas erkannte sofort, dass da etwas nicht stimmen würde und bewegte sich ganz vorsichtig, ständig nach links und nach rechts und auch nach hinten schauend, auf der Baustelle herum und hatte dabei ein mulmiges Gefühl in der Magengegend.

Er rief ein paar mal nach etwaigen Bauarbeitern, die noch bis vor wenigen Minuten hier ganz fleißig am Lärm machen waren, sowie den Namen des Bauleiters, Herr Kopp, doch niemand erwiderte seine Rufe. Vorsichtig setzte er einen Fuß vor den anderen und zertrat dabei den einen oder anderen Kies und Schotter, die überall auf der Baustelle verstreut lagen.

Er bewegte sich auf die Straße zu, um sich zu vergewissern, ob sie sich vielleicht alle, aus einem unersichtlichen Grund, dort befinden würden, aber auch die Straße war vollkommen menschenleer gewesen. Keine Bauarbeiter, keine Anrainer oder sonstige Passanten. Nicht einmal Fahrzeuge, die sonst die Straße auf und ab fuhren, waren zu sehen gewesen. Es wurde noch unheimlicher. Das Ganze hatte erzeugte in ihm den Anschein einer Geisterstadt.

Was war hier nur los gewesen? Wo waren denn alle plötzlich verschwunden? Was ging hier nur vor sich?

Während er sich all diese Fragen im Geiste stellend weiterging, hörte er, direkt hinter sich, ein aggressives Knurren. Barlas dachte, dass es sich vielleicht um einen Hund, ein Streuner, handeln könnte und drehte sich um.

Er staunte nicht schlecht, als er eine Kreatur vor sich stehen sah, die er bis dahin noch nie zuvor in seinem Leben gesehen hatte.

Barlas erschrak für einen Moment und stieß ein >>*Whoaa!*<< aus und stolperte dabei beinahe über ein paar Kieselsteine.

>>*Was zum Teufel bist du?*<<

Fragte er erstaunt vielmehr sich selbst als die Kreatur.

Als die Kreatur, die in der Hölle unter dem Namen Retorra bekannt war, sich gerade auf ihre zwei Beine aufrichtete, da machte es Klick bei Barlas. Es gab keinen Zweifel für ihn, dass es sich bei diesem Ungeheuer um ein Wesen aus der Hölle handeln musste. Denn neuerdings besuchten sie Barlas immer öfter. Erst in diesem Moment war ihm auch klar geworden, wieso es so plötzlich auf der Baustelle, wie in einer Gruft ausgesehen hatte.

Kaum stand die Kreatur auf ihren Beinen, lief sie auch, in Blitzgeschwindigkeit, direkt auf Barlas zu.

Barlas stand mit weit aufgerissenen Augen einfach nur so da und sah die Kreatur auf sich zurasen.

Er befand sich im Schockzustand und wusste nicht, was er tun sollte. Doch als die Kreatur sich bereits nur noch wenige Zentimeter vor seinem verblassten Gesicht befand und kurz davor gewesen war nach ihrer Beute zu schnappen und sie in Stücke zu reißen, passierte es.

Der erschrockene Junge Mann, der noch bis vor wenigen Sekunden vor dem Aufprall mit der Retorra, in seiner Security Uniform steckte, verwandelte sich, ganz plötzlich, selbst in eine Höllenkreatur und schlug den Retorra mit einem kräftigen Faustschlag direkt in dessen gesichtslosen Kopf und knallte ihn dadurch auf den mit Sand, Kies und Schotter bedecktem Erdboden.

Die elendige Ausgeburt der Hölle bewegte sich nicht mehr. Sie war tot oder vielleicht doch nur bewusstlos gewesen.

Und noch bevor Barlas, der jetzt aussah wie ein wandelnder Vulkan, durchatmen konnte, packte bereits der zweite Retorra ihn von hinten und warf ihn zu Boden.

Sie wälzten sich eine Weile auf dem Boden, doch schon nach kurzer Zeit, erlangte Barlas die Kontrolle über Retorra und jagte seine Faust, mitsamt seinem gesamten Arm, durch den Kopf des Retorra und brachte dadurch dessen gesamten Oberkörper zu schmelzen. Der Höllenhund schmelzte wie eine Kerze vom Kopf bis zu seinen Hüften vollkommen durch und war somit eliminiert gewesen.

Barlas richtete sich wieder auf und warf eine Feuerkugel, auf das Ungeheuer, sodass auch dessen Reste sich in grau-schwarzer Asche auflösten.

Danach widmete er sich dem Retorra zu, der langsam wieder zu sich kam.

Barlas packte ihn an seinem Kopf und starrte ihn ein wenig an, bevor er seine Hand zum Glühen brachte und auch den nächsten Retorra dadurch in flammender Asche in Luft auflöste.

Vor lauter Schmerzen kreischte der Höllenhund während sich seine Haut gleichzeitig in Holzkohle verwandelte, bevor sich dessen Asche in Luft verteilt und aufgelöst hatte.

Jetzt hatte Barlas Zeit sich, sein neues Ich, in aller Ruhe zu betrachten.

Sein gesamter Körper wirkte zwar noch menschlich und all seine Gliedmaßen, sowie sein Kopf waren ganz gut zu erkennen, jedoch sah er aus wie ein menschliches Lava. Er sah aus wie ein eruptiertes Magma, das die Form beziehungsweise die Gestalt eines Menschen angenommen hatte.

Er hatte tiefrot leuchtende Augen und sein gesamter Körper war schwarz-grau gewesen, auf dem sich Krater befanden. Er war auch von langen Ritzen überzogen gewesen, die wie seine Adern aussahen und die ebenso tiefrot leuchteten und dadurch den Anschein vermittelten, als würde heißes Lava durch sie hindurchströmen.

Er hatte weder Haare noch sonstige Körperbehaarung. Genauso waren auf seinen Fingern und auf seinen Zehen, die allesamt einem verkohlten Brikett ähnelten, keine Nägel mehr vorhanden.

Während er sich verwundert betrachtete und inspizierte, fiel ihm auf, dass er im Grunde, auch wenn in seiner jetzigen Form nichts zu sehen war, nackt gewesen war. Also formte er aus seinem vulkanischen Körper eine passende Panzerung und bedeckte damit seinen gesamten Körper. Das dickflüssige Lava formte sich, wie von selbst, als wäre es lebendig, zu einer Rüstung und verwandelte sich in glänzenden Metall. Bis auf seine Oberarme und seinen Kopf, verschwand der Rest seines eruptierten Körpers unter seiner Rüstung.

Jetzt sah er aus wie ein richtiger Krieger aus der Hölle.

Unter dem ganzen Metall, kamen seine leuchtend roten Adern, die seine schwarz-graue Haut von Kopf bis Fuß verzierten und ineinander verliefen, umso mehr zur Geltung.

Genauso auch seine rot leuchtenden Augen, die in ihren Höhlen wie zwei Kugeln aus purem Glut aussahen.

Als er gerade seine vollkommene Verwandlung abgeschlossen hatte, tauchte auch schon, direkt unter dem sich leicht hin und her wippenden Haken eines Krans, der Teufel, in seiner gesamten schwarzen Montur, auf und bekam sofort die Aufmerksamkeit von Barlas.

>>*Hervorragend!*<<

Sagte er voller Begeisterung und der tiefen, dunklen Stimme und bewegte sich langsam auf Barlas zu, während sein Gehstock dabei wieder Funken sprühte, jedes Mal, wenn er den Boden berührte.

Er ging langsam um Barlas herum und betrachtete ihn vom Kopf bis zum Fuß und sagte, nachdem er direkt vor dessen Gesicht stehen geblieben war:

>>*Genauso hatte ich es mir vorgestellt...Du hast nun dein neues Ich entdeckt. Und diesen Zustand wirst du von nun an immer annehmen, sobald er von Nöten sein sollte. Dies ist eine einzigartige Gabe, die ich dir geschenkt habe. Nutze sie sinnvoll und setzte sie weise ein.*<<

Barlas hörte ihm aufmerksam zu während der Teufel weiter sprach:

>>*Die zwei Kreaturen, die du gerade eben gegrillt hast, waren Höllenhunde, die wir als Retorra, bezeichnen. Retorra ist ein begriff aus der Hölle und bedeutet soviel wie „Dämonenzer-*

störer". Es gibt wenige Dämonen, die sich mit ihnen anlegen können. Zu denen gehörst du jetzt auch, sowie derjenige, der sie geschickt hat um dich zu töten. Mit ihm hattest du bereits das Vergnügen.<<

Der Teufel kicherte dabei provokant und sprach weiter:

>>*Es ist kein gerin...*<<

Er wurde von der tiefen Stimme Barlas' unterbrochen:

>>*Zu keinem geringeren als den Peiniger.*<<

Der Teufel nickte langsam mit seinem Kopf und fügte hinzu:

>>*Richtig. Der Peiniger möchte dich so schnell wie möglich vernichten, damit du mich nicht vor ihm beschützen kannst. Er fürchtet sich vor dir. Und das...ist auch gut so.*<<

>>*Und wie geht's nun weiter?*<<

Wollte Barlas wissen.

Der Teufel entfernte sich wieder langsam von ihm und während er am Gehen war, antwortete er:

>>*Halte dich bereit mein lieber Barlas!...Ab sofort befinden wir uns im Krieg...Nachdem du seine beiden Schoßhunde getötet hast, wird er dir weitere Komplizen...Dämonen, an den Hals schicken. Und wenn die auch versagt haben, wird er sich dir persönlich entgegen stellen...Es sei denn, er hat genug Krieger zusammengetrommelt und greift mich an.*<<

Er blieb stehen und warf einen letzten Blick auf Barlas zu und sagte:

>>*Lass dich überraschen...Dämonen, ganz besonders solche wie der Peiniger, sind unberechenbar.*<<

Und dann war er wieder plötzlich verschwunden. Er hatte sich in Luft aufgelöst und ließ einen sehr bedenklichen, aber nicht erschrockenen Barlas zurück, der sich sofort wieder zurück verwandelte, nachdem alles wieder seinen gewöhnlichen Lauf genommen und sämtliche Bauarbeiter wieder zurückgekehrt waren und weiter arbeiteten, als sei nichts gewesen.

Der Himmel war auch wieder klarer geworden und die Sonne strahlte vom Himmel herunter.

KAPITEL 5

ÂL-KÂB LETI

Das neue Fernsehgerät hatte er bereits Zuhause in seinem Zimmer angeschlossen und er war sehr zufrieden damit. Gleich nach Dienstschluss war er in ein Elektronikgeschäft gegangen und hatte sich eines mit einem größerem Bildschirm, deutlich größer als der Vorgänger eines hatte, geholt und fuhr anschließend mit dem Taxi nach Hause.

Esra hatte einen harten Arbeitstag hinter sich, weswegen sie völlig entspannt, auf der Couch im Wohnzimmer lag und ihre Lieblingssitcom „Malcolm mittendrin" genoss.

Sie liebte es der chaotischen Familie mit den Kindern, die richtig freche Racker waren, zuzusehen.

Jedes Mal, wenn sie diese Monster und ihre gemeinen und frechen Streiche sah, war sie nur froh darüber, dass ihr Sohn Barlas nicht wie diese Rasselbande geworden war.

Barlas Aykan war ein anständiger junger Mann gewesen, der zudem auch verantwortungsbewusst war.

Und genau mit diesen Gedanken saß er auch in seinem Zimmer, vor seinem neuen Fernsehgerät, der abgedreht war und war in Gedanken versunken.

Schon im Dienst ging ihm der neuerliche Vorfall nicht mehr aus dem Kopf. Auch nicht als sich das neue Fernsehgerät ausgesucht und gekauft hatte. Auch nicht auf dem Weg nach Hause im Taxi. Auch nicht, als er es in seinem Zimmer angeschlossen hatte. Es beschäftigte ihn die ganze Zeit über.

Denn jetzt wo er seine neuen Kräfte entdeckt und herausgefunden hatte, zu was er allem fähig war, wusste er ganz genau, dass er mit diesen Kräften verantwortungsbewusst umgehen musste. Erstens, weil er nicht wollte, dass seine Mutter davon erfährt und zweitens, weil er damit niemandem, so fern er es nicht verdient hatte, Schaden zufügen wollte.

Und während er darüber nachdachte, verzog sich langsam ein Grinser mitten durch sein Gesicht.

Denn er wusste genau, wen er sehr wohl damit erschrecken und sogar verletzen könnte, ohne ein schlechtes Gewissen zu bekommen.

Und schon heute Abend, sollte es derjenige zu spüren bekommen.

Wütend, aber seine Ruhe bewahrend, überlegte der Peiniger in seinem Thronsaal, was er als nächstes tun sollte.

Seine beiden Retorras wurden vernichtet. Barlas hatte sie einfach so, ohne sich großartig anzustrengen, in Asche verwandelt. Das zeigte dem Peiniger, wie stark Barlas nun tatsächlich geworden war, wenn er, ohne große Mühe, zwei der sehr gefürchtetsten Kreaturen der Hölle vernichten konnte.

Er musste sich selbst zugeben, dass der Teufel, sich mit einem seiner Werke, wiedereinmal selbst übertroffen hatte.

Doch der Peiniger hatte noch genügend Ideen, wie er den jungen Burschen töten könnte.

So rief er nach zwei seiner treuesten Anhänger:

>>*Rajhul und Nifthul, ich rufe euch!*<<

Und belehrte sie über Barlas und dessen Vernichtung.

In einem Nebel aus Schwefel und Asche erschienen, mitten im Thronsaal, zwei ganz fiese Dämonen.

Rajhul hatte keine Lippen, sodass sein komplettes Gebiss mit messerscharfen Zähnen zu sehen waren. Er hatte drei dunkle Augen. Zwei an den gewöhnlichen Stellen und das dritte war etwas kleiner als die anderen zwei und befand sich direkt über seiner flachen Nase, der an die Schnauze eines Bären erinnerte. Er hatte zwei kleine Ohren, die spitz nach oben verliefen.

Direkt aus dem spitzen Ende seiner Ohren, ragten ein Büschel graue-weiße Haare heraus. Er hatte eine Halbglatze am Vorderkopf und am Hinterkopf hatte er ebenso grau-weiße und schulterlange Haare.

Seine Haut hatte einen graulichen Ton, die an Abwasser erinnerte. Seine buschigen und grau-weißen Augenbrauen waren nicht getrennt. Sie bildeten eine lange und dicke Linie über seinen drei Augen, die von einem Ohr bis zum anderen Ohr hinüber reichten.

Rajhul hatte einen sehr kleinen Bauchansatz und seine dünnen und grau-weiß behaarten Arme reichten ihm bis zu den Hüften. Seine Hände waren doppelt so groß wie die Hände eines erwachsenen Mannes und sie waren im Gegensatz zu seinen Armen nicht behaart gewesen.

Aus seinen dünnen Fingerkuppeln waren braun-gelbe und sehr scharfe Nägel entsprungen.

Er hatte lange und dünne Beine, die nicht behaart waren, aber dafür waren seine Füße, ebenfalls mit braun-gelben, aber nicht scharfen Zehennägeln, sehr behaart gewesen.

Brustwarzen hatte Rajhul keine und auch keinen Bauchnabel. Genauso war ein Geschlechtsteil an seinem nackten Körper nicht vorhanden gewesen.

Ebenso sein Bruder Nifthul besaß keinerlei Geschlechtsteile und auch er hatte weder Brustwarzen noch einen Bauchnabel. Und falls doch, dann wären sie unter seiner dichten und dunklen Oberkörperbehaarung versteckt gewesen. Er hatte eine bleiche Haut sowie volles, dichtes und dunkles Haar auf seinem etwas länglichem Kopf. Die Haare reichten ihm bis zu seinen Hüften. Seine dünnen Arme und Beine waren unbehaart. Er hatte lediglich Haare vom Hals abwärts bis zu den Hüften und genauso auch volle Behaarung am Rücken und Schultern. Bauchansatz hatte er keinen. Er war recht schlank gebaut.

Genau wie sein Bruder Rajhul waren auch seine Hände doppelt so groß wie die eines erwachsenen Mannes und auch aus seinen Fingern und aus den Zehen, entsprangen braun-gelbe Nägel hervor. Im Gegensatz zu Rajhul waren sie bei ihm alle scharf und spitz gewesen.

Aus seinen Füßen und aus den Handrücken sprossen jeweils ein Büschel Haare heraus.

Seine großen Ohren waren nicht behaart gewesen. Er hatte zwei große dunkle Augen ohne Augenlider, aber dafür sehr buschige Augenbrauen, die getrennt waren. Nifthul hatte eine sehr flache Nase und auf seinem etwas länglichen Unterkiefer saß ein kleiner Mund, der sich unter einem Bartmantel versteckte.

Sein spitz zugehender Vollbart, reichte ihm bis zu seiner oberen Brusthälfte.

Rajhul und Nifthul waren keine gewöhnlichen Dämonen. Sie waren zwei von den drei Dschinnbrüdern, die man in der gesamten Hölle kannte.

Ihr dritter Bruder, der Dijhul hieß, hatte sich bereits vor vielen tausenden Jahren auf die Erde herabgesetzt, weil er die Weltherrschaft an sich reißen und die gesamte Menschheit versklaven wollte. Seine beiden Brüder hatten sich jedoch dazu entschlossen in der Hölle zu bleiben und lieber einem Dämon zu folgen, der die Herrschaft darüber und über all ihre Bewohner erlangen wollte.

Von Dijhul hatten sie seither nichts mehr gehört.

So waren dem Peiniger also die zwei Brüder erschienen und warteten auf dessen Befehl.

Der Peiniger klärte sie über die aktuelle Lage auf und erzählte ihnen ein wenig etwas über einen Menschenjungen namens Barlas Aykan.

Er beauftragte sie damit diesen Jungen aufzusuchen und ihn zu vernichten, in dem er ihnen folgenden Befehl gab:

>>*Geht zur Erde und bereitet dem Leben des Jungen, der auf den Namen Barlas Aykan hört, ein Ende!*<<

Sowie sie den Auftrag des Peinigers gehört hatten, fingen die beiden Brüder Rajhul und Nifthul plötzlich vor Freude, mit weit in die Luft ausgestreckten Armen, herumzuspringen und herumzutollen an. Dabei kicherten und zischten sie fast im Flüsterton.

Es war dem Peiniger jedes Mal unangenehm diesen beiden Riesen, Rajhul und Nifthul waren nämlich fünf Meter groß, so zu erleben.

Wütend unterbrach er ihren Freudentanz und befahl ihnen sich sofort auf den Weg zu machen.

Die beiden Dschinn's warfen ihm angewiderte Blicke zu während sie sich wieder langsam in einem Nebel aus Schwefel und Asche in der Luft auflösten.

Nachdem er sein Training beendet hatte, hatte sich Luuk auf den Heimweg begeben.

Seine Wohnung befand sich, mit der Fahrtzeit der Öffentlichen Verkehrsmitteln und etwas Fußweg berechnet, etwa zwanzig Minuten von der Iron Fist Gym entfernt.

Er überquerte gerade die Straße und ging, wie sonst immer auch, an einem Kinderspielplatz vorbei, der mit dichten Büschen und Bäumen umgeben war und blieb prompt stehen, als er eine tiefe Stimme seinen Namen rufen hörte:

>>*Luuk!*<<

Zuerst dachte sich Luuk, dass er sich das bloß einbilden würde, aber die Stimme klang sehr real als sie seine Ohren erreichte. Luuk sah sich um, aber sah niemanden. Er beschloss keine weitere Zeit dafür zu verschwenden und ging weiter. Nach nur zwei Schritten, hörte er die tiefe und furchterregende Stimme erneut:

>>Luuk!<<

Und blieb wieder stehen. Diesmal sah er sich etwas genauer um, aber auch jetzt sah er niemanden. Das nervte ihn allmählich so sehr, dass er wütend wurde und folgendes zurückrief:

>>Wer ist da? Wer ruft nach mir? Zeig dich du Feigling!<<

Er blieb stehen und sah sich aufmerksam um. Es war still auf der Straße. Nur ein ganz leichter Wind zog hin und wieder vorbei und brachte dabei die grünen Blätter an den Bäumen zum rascheln.

Und da erklang die tiefe Stimme ein drittes Mal:

>>Luuk!<<

Blitzartig wandte Luuk seine Blicke in die Richtung aus der die furchteinflößende Stimme kam und sah, dicht in den Büschen zwei rot leuchtende Punkte. Schlagartig machte Luuk vor Schreck einen weiten Sprung nach hinten und nahm eine Kampfposition ein, in dem er seine Beine breit aufschlug und seine beiden Fäuste schützend vor sein ängstliches Gesicht hielt. Mit aller Mühe versuchte er sich die Angst zu unterdrücken und war so bereit für einen möglichen Kampf.

>>Was soll das? Zeig dich endlich du verdammter Mistkerl!<<

Rief er mutig in die Büsche hinein und bekam auch schon was er wollte.

Langsam trat das Wesen mit den rot leuchtenden Augen aus den dichten und dunklen Büschen hervor und blieb direkt vor Luuk stehen. Luuk fing vor Angst zu zittern an und traute seinen Augen nicht mehr. Da stand tatsächlich eine Kreatur vor ihm, die in ihm den Eindruck erweckte als wäre sie ein wandelnder Vulkan.

>>W-w-wer b-bist du?<<

Fragte Luuk stotternd während ihn die Gestalt, bestehend aus purem Lava, in seine Augen starrte. Er befand sich dabei immer noch in seiner Kampfstellung.

Mit einer tiefen Stimme, wie kürzlich, sprach die Kreatur zu ihm:

>>*Erkennst du mich denn nicht?*<<

Luuk kniff seine Augen zu einem Schlitz zusammen und schob sein Kopf ein wenig nach vorne um so das Gesicht der Kreatur besser erkennen zu können, aber auch so wusste er nicht wer das Monster, das vor ihm stand, gewesen war und schüttelte leicht mit seinem Kopf hin und her und signalisierte damit ein „Nein, ich weiß es nicht."

>>*Ich denke, in diesem Zustand, hätte ich wohl doch noch eine Chance um bei Vendetta mitmachen zu können, meinst du nicht auch?*<<

Sagte die Kreatur.

Und erst jetzt fiel Luuk ein, wer diese furchteinflößende Kreatur gewesen war und flüsterte ganz Entsetzt viel mehr zu sich selbst als zu dem Monster vor sich:

>>*Ach du Scheiße!...Barlas?*<<

Und genau in diesem Moment gleitete die Kreatur, die eigentlich Barlas gewesen war, in blitzartigem Tempo zu Luuk, packte ihn an seinem Hals und drückte ganz fest zu und sagte:

>>*Nenne mich einfach den Champ.*<<

Barlas dachte, dass er, ähnlich wie der Peiniger, einen Spitznamen beziehungsweise einen Namen für seine Form als Dämon haben sollte und nannte sich von nun an, ganz schlicht und einfach, Champ. Die Kurzform von Champion. Der junge war nun mal besessen davon gewesen ein Champion zu werden. Der Name sorgte nicht unbedingt für Angst und Schrecken bei seinen Gegnern, aber dafür motivierte es ihn immer zu gewinnen und seine Gegner, koste es was es wolle, zu besiegen. So könnte er immer der ultimative Champion bleiben und sein Titel verteidigen.

Luuk griff mit beiden Händen an die Hand vom Champ, die sich wie ein heißes Gestein anfühlte und versuchte sich zu befreien während er gleichzeitig würgende Geräusche von sich gab und verzweifelt nach Luft schnappte.

Mit Leichtigkeit hob Champ Luuk in die Höhe und trennte ihn somit vom kalten Asphalt der Straße.

Champ blickte finster in die erschrockenen Augen von Luuk, die eindeutig Furcht aussendeten. Seine Blicke zeigten auch, dass er bereits mit seinem Leben abgeschlossen hatte, weil er genau wusste, dass er in den folgenden Sekunden kläglich sterben würde.

Er versuchte Champ etwas zu sagen, aber es klang viel zu undeutlich, weil sein Hals gerade zugeschnürt wurde. Für Champ hörte es sich wie eine Vergebung an. Als würde Luuk gerade um sein jämmerliches Leben winseln.

Barlas, der in seiner dämonischen Gestalt, all das Gute in sich verlor und sich in ein erbarmungsloses Monster verwandelt hatte, wollte sich das nervtötende Jammern von Luuk nicht länger anhören und sagte:

>>*Von nun an, wirst du mich nicht mehr bei jeder Gelegenheit lächerlich machen und vor anderen bloß stellen.*<<

Kaum hatte er zu Ende gesprochen, fing auch schon seine Hand, die immer noch den Hals von Luuk fest zudrückte, zu glühen an und es dauerte nicht lange bis unter ihr kleine, dünne schwarz-graue Rauchschwaden empor stiegen.

Luuk verbrannte qualvoll vom Kopf an und in nur sekundenschnelle fing sein ganzer Körper Feuer und er brannte lichterloh wie eine Strohpuppe, die man mit Benzin übergossen und anschließend angezündet hatte.

Genau wie die Retorras vor ihm, löste auch er sich sofort in Asche auf und war für immer und ewig verschwunden.

Lediglich sein Kopf blieb, völlig verkohlt, sodass man bereits seinen teilweise grinsenden Schädel unter seiner verbrannten Haut sehen konnte, in der Hand vom Champ. Er ließ den verkohlten Kopf, aus dem noch etwas Rauch aufstieg, auf den Betonboden fallen. Der Kopf zerfiel in Asche, sobald er die kalte Straße berührt hatte und all die kleinen grau-schwarzen Wolken aus zerbröselter Asche verteilten sich in der Luft bis ein etwas stärkerer Wind die Reste davon weggefegt hatte als er vorbeigezogen war. Sie glitten mit dem Wind mit bis sie sich schließlich von selbst auflösten.

Barlas klopfte sich die Hände aneinander ab und war dabei sich auf den weiteren Weg zu machen. Denn er war noch lange nicht fertig gewesen und hatte in dieser Nacht noch etwas vor. Doch dazu sollte es nicht kommen. Zumindest nicht sofort.

Denn direkt vor ihm waren ganz plötzlich zwei hässliche, ekelhafte und abscheulich stinkende Kreaturen aufgetaucht gewesen, die beide größer waren als die Straßenlaterne neben dem sie standen.

Wie die Cowboys in den alten Western Filmen, standen sie sich still und schweigend gegenüber und starrten sich ganz finster und ernst in die Augen.

Aber der darauffolgende Kampf, sollte weitaus schlimmer ablaufen als ein einfaches Duell zwischen zwei Cowboys.

Denn hierbei handelte es sich schließlich um Kreaturen, die aus der Hölle herausgekrochen waren und viel mehr drauf hatten, als nur ein Revolver, die nichts weiter als Munition abfeuern konnte.

Langsam wurden Rajhul und Nifthul unruhig und machten langsame und kleine Schritte vorwärts in Richtung Champ, der keinen einzigen Muskel zuckte und die beiden auf sich zukommen ließ. Ihre dürren und langen Arme schwankten sich dabei seltsam hin und her, so als würden sie sich unabhängig von den beiden Dschinnbrüdern bewegen. Für einen Menschen würden diese Bewegungen ganz gewiss sehr unheimlich und ganz erschreckend vorkommen. Aber für einen Dämon wie Champ, war das wie Alltagsroutine.

Und als ob es etwas bringen würde, ließen die beiden Brüder etwas Blut aus ihren Mündern herausfließen.

Champ, der ganz und gar nicht davon beeindruckt gewesen war, wartete immer noch seelenruhig auf seinem Platz, als wäre er dort fest angewurzelt gewesen und wartete bis sich sich komplett zu ihm genähert hatten.

Bei der enormen Größe der beiden, hatte es auch nicht allzu lange gedauert und schon standen sie direkt über ihrem potenziellen Opfer und sahen zu ihm hinunter. Währenddessen tropfte ein wenig Blut auf Champ's Schultern.

Champ hob langsam sein Kopf hoch und sah zu den beiden Kreaturen hoch.

So wie sie erneuten Blickkontakt hatten, begann Rajhul zu sprechen an:

>>*Der Peiniger hat uns geschickt, damit wir dich hier und jetzt töten.*<<

Seine Stimme klang sehr eigenartig. Als würde er sich in kilometerweiter Entfernung befinden und von dort aus, durch ein Glas hindurch sprechen. Seine Stimme schallte dabei ein wenig und klang mal flüsternd und mal etwas lauter, so als ob sie eine 360 Grad Drehung um Champ herum machen würde. Und ein leichtes Pfeifen war dabei ebenfalls zu hören. Ein Pfeifen, das so ähnlich klang wie wenn ein Mensch im Schlaf schnarchen würde.

>>*Ja, ganz recht. Und er ist gar nicht erfreut darüber, dass du seine beiden Höllenhunde getötet hast.*<<

Sagte Nifthul hinterher und klang genauso wie sein Bruder Rajhul.

Immer noch nicht beeindruckt von den beiden Riesen, blickte

Champ mit seinen glühenden und rot leuchtenden Augen in die hässlichen Visagen der beiden Ungeheuer.

Und nach einem kurzen Schweigemoment, sagte Champ folgendes:

>>*Ihr seid ja vielleicht zwei hässliche Dämonen.*<<

Daraufhin wurden die beiden Brüder sehr unruhig und wütend. Sie heulten wie Kojoten, die in eine Bärenfalle getreten waren.

Sofort antwortete ihm Rajhul:

>>*Wie kannst du es nur wagen? Wir sind keine Dämonen. Wir sind Dschinns. Wir sind sehr mächtige und einflussreiche Wesen.*<<

>>*Und dennoch lässt ihr euch von einem Dämon wie den Peiniger kontrollieren und erledigt die Drecksarbeit für ihn.*<<

Erwiderte Champ, woraufhin Rajhul und Nifthul noch unruhiger wurden, sodass sie gleichzeitig nach ihm schnappten und allesamt auf der Stelle verschwunden waren.

Wenige Sekunden später fiel Champ in den dunklen Höllenwald ÂL-KÂB LETI hinein und knallte sehr hart an dessen Boden, der voller Glasscherben, Nägel und Rasierklingen war, auf.

Verkrümmt richtete er sich langsam wieder auf die Beine. All die Wunden, die er sich bei diesem gewaltigen Sturz geholt hatte, verheilten in Sekundenschnelle und er erholte sich ganz schnell wieder.

Der Ort an dem er sich befand, war dunkel, schwül und stank nach einer Mischung aus verwesten und verfaulten Leichen sowie nach Fäkalien, Erbrochenem und Schweiß.

Ein sehr unerträglicher Gestank, bei dem ein Mensch regelrecht verätzen würde, wenn er sich an diesem furchtbaren Ort befinden würde. Wenn er nicht bereits von all den scharfen und spitzen Gegenständen, die verteilt auf dem Boden lagen, aufgeschlitzt und in kleine Stücke zerhackt gewesen wäre.

Champ sah sich ein wenig um und er konnte einen sehr breiten Fluss sehen, der sich über den gesamten Ort zog und weder dessen Anfang noch Ende ausfindig machen konnte. Es schien so als würde der Fluss, der anstatt Wasser aus menschlichem Blut bestand, aus Nichts kommen und in Nichts fließen. Der Fluss beziehungsweise das Blut brodelte und kochte und es stieg etwas Rauch auf. Als er ihn näher betrachtete, sah er einige menschliche Knochen und auch ein paar Schädel darin schwimmen, die sich allesamt vom kochend heißen Fluss trieben ließen.

Nun richtete er seine Aufmerksamkeit der weiteren Umgebung zu und wandte seine Augen auf die ekelhaften Dinger zu, die Bäumen ähnelten und überall verteilt gewesen waren. Sie ragten meterweit hoch in den dunkelrot-grauen Himmel und bestanden aus verwundeter und verwester menschlicher Haut. Die Wunden bluteten noch teilweise.

Bei näherer Betrachtung, konnte Champ viele verschiedene Brustwarzen sowie Bauchnabel und auch Finger und Augen an ihnen ausmachen. Die Finger bewegten sich und auch die Augen bewegten sich in sämtliche Himmelsrichtungen und diewelche, die noch Lider hatten, blinzelten sogar.

Aus manchen sprossen sogar ein paar Büschel menschliche Haare heraus und wiederum andere schienen zu atmen, weil sich einige ihrer Stellen langsam auf- und absenkten.

Der gesamte Ort war entsetzlich und furchtbar gewesen.

Champ war bereits sofort klar gewesen, dass er sich in der Hölle befinden würde und, dass die beiden Dschinnbrüder Rajhul und Nifthul damit zu tun hatten. Doch wo steckten diese beiden hässlichen Kreaturen denn jetzt nur? Fragte sich Champ geistlich während er sich mit aufmerksamen Blicken umherschauend langsam fortbewegte.

Und es dauerte auch nicht allzu lange, da meldeten sich Rajhul und Nifthul wieder. Champ blieb sofort stehen und machte sich auf ein Angriff der beiden Dschinn's bereit.

Doch sie zeigten sich nicht. Champ konnte sie nur hören, wie sie ständig zu ihm folgendes zuriefen:

>>*Hier wird dein Untergang sein. Hier wirst du enden und bis in aller Ewigkeit verrotten. Hier wird dein Untergang sein. Hier wirst du enden und bis in aller Ewigkeit verrotten. Hier wird dein Untergang sein. Hier wirst du enden und bis in aller Ewigkeit verrotten.*<<

Diese ständigen Wiederholungen gingen Champ allmählich auf die Nerven. Und mit den seltsamen Stimmen der beiden, wurden sie umso unerträglicher. Er sah sich um und blickte in alle möglichen Richtungen, aber er sah sie einfach nicht. Es wirkte so, als würden nicht die beiden, sondern dieser grauenhafte Ort mit ihm kommunizieren. Als würde er mit ihm sprechen.

Aber lange hielt es Champ nicht aus und er rief mit seiner dunklen Stimme folgendes zurück:

>>*Zeigt euch ihr feigen und elendigen Kreaturen der Hölle! Zeigt und stellt euch mir entgegen!*<<

Zu Champ's Überraschung, tauchten sie auch tatsächlich direkt vor ihm auf und in ihrer natürlichen Umgebung wirkten die beiden Dschinn's umso gruseliger. Sie waren ja auch schließlich in ihrem Element.

Sowie sie wieder aufgetaucht waren, sprach Rajhul folgendes:

>>*Du solltest schon mal anfangen, dich an diesen Ort hier zu gewöhnen.*<<

Sowie er fertig gesprochen hatte, übernahm Nifthul das Wort und ergänzte folgendes:

>>*Rajhul hat recht. Denn dies ist der Ort an dem jeder landet, der seine Seele an den Teufel verkauft hat. Wir wollten dir ihn nur mal zeigen, damit du weißt, was dich erwartet, sobald der*

Teufel keine Verwendung mehr für dich hat.<<
Champ schwieg zuerst und sagte nichts darauf, doch dann brach er sein nachdenkliches Schweigen und sagte folgendes:
>>Ich habe meine Seele nicht an den Teufel verkauft. Wir haben eine Abmachung getroffen. Ich werde ihm helfen und anschließend wird er mir helfen.<<
Er sah sich weiter um und versuchte herauszufinden, wo sich die beiden Dschinn's versteckt hielten.
Doch alles was er von ihnen hatte, war ihre grässliche Stimme, die erneut erklang:
>>Du bist ein sehr naives und dummes Geschöpf Barlas.<<
Sagte Rajhul und fuhr fort:
>>Denkst du denn tatsächlich, dass der Teufel sich einfach so auf ein Handel mit einem mickrigen Menschen, und dann noch mit einem wie dir, einlässt?<<
Kurzes Schweigen und dann übernahm Nifthul das Wort:
>>Ja, er nutzt dich aus. Er ließ dich einen Vertrag unterzeichnen, ohne dir zu zeigen, was du tatsächlich unterzeichnet hast. Die Wahrheit hat er dir verschwiegen.<<
>>Welche Wahrheit?<<
Unterbrach ihn Champ. Nifthul antwortete ihm, nachdem dem er einen kurzen, aber nervtötenden Moment lang, gekichert hatte:
>>Dass er sich an seine Abmachung nicht halten wird.<<
Erneutes Schweigen.
Champ sank nachdenklich sein Kopf auf den Boden, der voller spitzer und scharfer Gegenstände war.
Rajhul meldete sich erneut zu Wort und warf folgendes ein. Champ hörte ihm mit gesenktem Kopf aufmerksam zu:
>>Dies ist der Teufel von dem wir hier sprechen mein Junge. Jeder, der sich auf eine Abmachung mit dem Teufel eingelassen hatte, landete, früher oder später, an diesem Ort hier.

Einige von ihnen konnten nur für eine sehr kurze Zeit Ruhm und Reichtum genießen. Andere wiederum gar nicht. Das wollten sie alle. Ihr Menschen tut einfach alles für ein wenig Ruhm und etwas Geld. Ihr seid sehr jämmerliche Geschöpfe und vor allem seid ihr sehr dumme Geschöpfe...Dumm genug um euch sogar mit dem Teufel zu verbünden. Und das alles, damit ihr das bekommen könnt, was ihr euch so sehnlichst wünscht.<<

Champ schwieg.

Nifthul sprach ein letzes Wort, bevor ein Kampf epischen Ausmaßes seinen Lauf nehmen würde:

>>O ja, mein Kind!...Und, du hast nichts anderes gemacht. Auch du hast deine Seele an den Teufel verkauft in dem du den Vertrag für ein wenig Ruhm unterzeichnet hast. Auch du hast dich manipulieren lassen. Auch du hast dich vom süßen Nektar des Bösen verführen lassen...Und jetzt bist du hier gelandet. An dem Ort, wo deine Seele dem Teufel und dein Körper uns gehört.<<

An dieser Stelle wurde Champ sehr wütend und vor lauter Wut und Zorn leuchteten seine roten Adern, die seinen schwarzen Körper verzierten, noch mehr. Genauso auch seine beiden Augen.

Mit sehr wütender Stimme sagte Champ folgendes:

>>Ich gehöre niemandem. Weder meine Seele noch mein Körper gehören euch. Ich habe niemandem etwas verkauft und ich lasse mich auch ganz bestimmt nicht an der Nase herumführen. Auch nicht vom Teufel.<<

An dieser Stelle reckte er seine beiden Arme, mit Händen, die er zu Fäusten geballt hatte, in die Luft und schrie so laut, sodass prompt Rajhul und Nifthul plötzlich zu sehen waren. Champ war außer Kontrolle geraten und wurde noch boshafter als sonst. Sowie er die beiden Dschinnbrüder mit seinen rot leuchtenden Augen erfasst hatte, stieß er einen gewaltigen

Feuersturm in ihre Richtung und fegte sie damit weg.

Sie wurden einige Meter weiter geschleudert und landeten unsanft auf dem Höllenboden von ÂL-KÂB LETI. Sie richteten sich ganz schnell wieder auf, so als wäre nichts geschehen und gingen zum Gegenangriff über.

Champ wurden brennend heiße Stahlketten angelegt, die plötzlich aus dem Nichts gekommen waren. Seine Arme, seine Beine und auch sein Hals wurden damit gefesselt.

Die Dschinnbrüder Rajhul und Nifthul dachten, dass er sich so nicht wehren konnte und griffen ihn von allen Seiten, blitzartig an. Sie schlugen ihn mit Fäusten und gaben ihm sehr harte Fußtritte. Sie kratzten und bissen ich auch zusätzlich.

Nachdem sie sich auf dieser Weise ein wenig ausgetobt hatten, hielten sie ihn an seinen Beinen fest, während Champ immer noch angekettet mitten in der verseuchten Luft gehangen hatte, und zogen sie auseinander und rissen Champ in zwei Teile.

Sein halbierter Körper hing immer noch an den Ketten und baumelte leicht hin und her. Doch die beiden Dschinnbrüder waren noch lange nicht fertig mit ihm gewesen. Sie verbrannten die Überreste von Champ und kicherten dabei ganz siegessicher.

Doch ihre Freude war nur von sehr kurzer Dauer gewesen. Denn das Feuer erlöschte schlagartig wieder und auch die Ketten zersprangen in ihre Einzelteile. Der verkohlte und ausgerissene Körper von Champ fiel auf den Boden. Noch während Rajhul und Nifthul versuchten, herauszufinden, was gerade eben passiert war, bildete sich der Körper von Champ erneut zusammen und stand den beiden verwunderten Brüdern, heil und munter, direkt davor und blickte sie finster an.

Er packte das Bein von Nifthul und schleuderte die fünf Meter große Kreatur hoch in die Luft. Noch während er sich in der Luft befand und dabei ganz erschrocken aussah, tauchte

Champ über ihm auf und rammte ihm seine zu dickflüssigem Lava gewordene Faust direkt in seine Brust, sodass Nifthul auf der Stelle explodierte.

Rajhul beobachtete das gesamte Geschehen von seinem Platz aus und konnte nicht glauben, was er da erlebt hatte. Ein Dämon hatte tatsächlich einen Dschinn getötet. So etwas konnten sonst nur andere Dschinns oder der Teufel. Und in seltensten Fällen auch Menschen, die von Gott höchstpersönlich dafür auserwählt worden waren.

Sich weiterhin im Schockzustand befindet, bekam er gar nicht mit, dass Champ längst vor ihm gestanden war. Als ihm das gerade klar geworden war, war es dann auch schon zu spät für ihn gewesen.

Denn kaum hatte er Champ wahrgenommen, hatte ihm dieser mit einem sehr scharfen Schwert, das eigentlich sein rechter Arm gewesen war, den er aus dickflüssigem Lava zurecht geformt hatte und bis zu Rajhul's Hals reichte, den Kopf abgehackt.

Der große Kopf fiel wie ein Felsbrocken auf den Boden und begann auf der Stelle zu verwesen an. Er schmolz dabei in sich zusammen bis am Ende nur eine Pfütze aus klebriger, schleimiger und dickflüssiger Substanz übrig geblieben war.

Rajhul's restlicher Körper stand immer noch auf zwei Beinen. Champ machte einen großen Sprung und zerteilte ihn in zwei Hälften, sodass auch sie, wie zwei Bäume, die gefällt worden waren, kerzengerade auf den Boden fielen und sich ebenso auflösten wie sein Kopf zuvor.

Dschinn's gehören zu den stärksten Wesen im gesamten Universum und es ist für einen einfachen Menschen fast unmöglich sie zu vernichten. Sie können lediglich durch irgendwelche Gebete vertrieben und verscheucht werden, aber vernichten kann man sie nicht wirklich.

Doch diese Regelung galt nicht für Champ. Er war sehr wohl in der Lage Dschinn's vernichten zu können.
Und genau das machte ihn zu einer sehr mächtigen Kreatur.
Genau das machte ihn zu dem Champion, der er immer sein wollte. Auch wenn er sich das ein wenig anders vorgestellt hatte.
So verweilte er noch ein wenig an diesem abscheulichen Ort, der als der Höllenwald ÂL-KÂB LETI bekannt war bis er sich wieder zurück auf die Erde herabsetzte.

Auf der Erde angekommen, fiel ihm ein, dass er eigentlich, sobald er mit Luuk fertig geworden war, noch etwas erledigen wollte, bevor er von Rajhul und Nifthul in die Hölle entführt worden war.
Es war bereits sehr spät in der Nacht gewesen, sodass er sich kurzweilig überlegte, ob er die Sache jetzt noch durchziehen oder ob er sie später unternehmen sollte.
Er hatte sich für jetzt entschlossen und machte sich auch schon sofort auf den Weg um auch diese Sache hinter sich zu bringen.
Denn diesmal wollte er seinen Trainer heimsuchen und ihn ebenso vernichten, wie er es zuvor mit Luuk gemacht hatte.
Ein Dämon zu sein hatte eben auch so seine guten Seiten sowie viele Vorteile. Einer davon war es, sich in sekundenschnelle, überall auf der Welt, wo auch immer, befinden zu können. Und genau so war er in der Wohnung seines ehemaligen MMA Trainers aufgetaucht gewesen.
Das noch gar nichts ahnende Opfer schlief tief und fest neben seiner Frau im Bett und schnarchte vor sich hin.
Im Gegensatz zu ihm, hatte seine Frau einen leichten Schlaf und in Kombination mit dem nervtötenden Geschnarche ihres Gatten, war es ein Wunder überhaupt einschlafen zu können.
So öffnete sie, halbverschlafen, ihre müden Augen als sie hör-

te, dass die Vorhänge im Schlafzimmer leicht hin und her bewegten, obwohl das Fenster geschlossen war.

Zunächst hatte sie sie nicht besonders beachtet, aber als die Bewegungen sich mehrmals wiederholten, schaltete sie die Nachtlampe ein und richtete sich im Bett auf. Doch so wie sie sich aufgerichtet hatte, hatten sich die Vorhänge wieder beruhigt.

Sie sah zu ihrem Mann hinunter, der seelenruhig weiterschlief und ein wenig Sabber aus seinem halb geöffnetem Mund auf sein Kopfkissen tröpfelte.

Angewidert verzog sie ihr Gesicht und wandte sich wieder den Vorhängen zu.

Nachdem sie festgestellt hatte, dass sie sich nicht mehr bewegten, dachte sie, dass sie sich das nur im Schlaf eingebildet hätte und wollte weiterschlafen.

Und sobald sie die Nachtlampe wieder abgedreht hatte, schrie sie so laut auf, sodass ihr Mann auf der Stelle Munter wurde.

Denn sie sah, direkt vor den Vorhängen, eine schwarze Gestalt mit rot leuchtenden Augen. Die Gestalt sah aus wie ein Schatten und starrte sie finster an.

Doch als sie panisch und verängstigt die Nachtlampe wieder aufgedreht hatte, war die Gestalt nicht mehr zu sehen.

Kreischend und weinend, hatte sie sich ihrem Mann an den Hals geworfen und ihn fest umklammert.

Als er wissen wollte, was los sei, erzählte sie ihm davon, aber er glaubte ihr nicht und versuchte ihr einzureden, dass sie sich das bloß nur eingebildet hätte.

Aber sie wusste ganz genau, dass es keine Einbildung, sondern pure Realität gewesen war und machte ihm klar, dass sie nicht weiter im Schlafzimmer schlafen könnte und begab sich im Laufschritt ins Wohnzimmer um die restliche Nacht dort zu verbringen.

Er war zu müde gewesen um sie zu trösten und auch um sie

aufzuhalten. Also ließ er sie gehen und wollte sich in der Früh um sie kümmern. Er schaltete die Nachtlampe wieder aus, legte sein Kopf zurück auf sein voll gesabbertes Kopfkissen und machte seine verklebten und rosarot angelaufenen Augen zu. Sowie er sie wieder geschlossen hatte, hörte er ein fauchendes Geräusch, das so klang, als würde jemand direkt vor seinem Gesicht tief ein- und ausatmen.

Langsam öffnete er seine Augen und riss sie vor Angst komplett auf. Doch noch bevor er schreien oder sonst irgendwie auf die furchterregende Kreatur vor sich reagieren konnte, packte Champ das Gesicht seines Trainers zu.

Am Morgen danach wollte seine, immer noch leicht verschreckte Frau, nach ihm sehen und betrat mit viel Mut und Vorsicht das Schlafzimmer.

Doch sobald sie die Tür des Schlafzimmers langsam nach Innen drückte um sie zu öffnen, ging sie kreischend und schreiend auf die Knie und zitterte dabei am ganzen Körper.

Ein entsetzliches Bild hatte sich ihr im Schlafzimmer dargeboten.

Das gesamte Zimmer, der Fußboden, die Wände, die Decke, einfach alles war mit Blut ihres toten Ehemannes beschmiert gewesen, dessen lebloser Körper wie eine Kuh vollkommen ausgeweidet und ausgeschlachtet an der Wand, direkt über dem Bett, an seinen Unterarmen und Unterschenkeln, festgenagelt war. Auf dem Bett lagen seine Eingeweide verteilt herum. Sein Gesicht war verbrannt, teilweise sogar verkohlt gewesen. Und sein Kopf war aufgebrochen, sodass sein Gehirn etwa bis zu der Hälfte aus der Seite heraushängte.

Das war ein furchtbarer und entsetzlicher Anblick, den sie niemals wieder vergessen würde. Sie erlitt dadurch schwere psychische Probleme, wodurch sie sogar nicht mehr in der Lage

war zu sprechen.
Sie war zu gar nichts mehr fähig und war seitdem an ein Rollstuhl gebunden gewesen.

In dieser Nacht hatte Barlas nicht mehr geschlafen, da er nach nur wenigen Stunden wieder zur Arbeit fahren musste.
Er frühstückte wieder eine Schüssel von den Nougat Bits und dachte die ganze Zeit über das nach, was die beiden Dschinnbrüder Rajhuhl und Dijhul ihm erzählt hatten.
Was wenn die beiden recht hatten und der Teufel ihn tatsächlich nur ausnutzte und vorhatte ihn zu töten, nachdem er seine Mission erledigt hatte?
Im Nachhinein stellte Barlas fest, dass er so oder so einen großen Fehler gemacht und dadurch vielleicht sogar das Leben seiner geliebten Mutter in Gefahr gebracht hatte.
Man sollte nämlich, koste es was es wolle, nicht mit dem Teufel ein Pakt abschließen. Wie konnte er nur so naiv sein und eine solch dumme Entscheidung treffen?
Düstere Gedanken darüber beschäftigten ihn und er hoffte insgeheim, dass er damit im Unrecht liegen und der Teufel sich doch noch an die gemeinsame Abmachung halten würde.
Aber vor allem war es ihm im Moment wichtig, so schnell wie möglich klare Antworten zu bekommen. Und diese Antworten würde er sich dann schon vom Teufel persönlich holen.
Er blickte auf die Uhr auf seinem Handy und stellte fest, dass es Zeit war den Dienst anzutreten. Er stellte sein schmutziges Geschirr in den Geschirrspüler, die Packung Nougat Bits zurück in den Küchenschrank darüber und machte sich auf den Weg zur Arbeit.
Und dieses Mal erhoffte er sich keine Zwischenfälle während des Dienstes zu erleben.

KAPITEL 6

ZWEI BRÜDER, EIN SCHICKSAL

Während Barlas Aykan in Österreich, dem Land der Dichter, Denker, Musiker und Maler, sein Leben als der Dämon Champ, wie er sich nannte, fortführte und noch einiges vor sich hatte, führten zwei Brüder, die Archäologen waren, gemeinsam mit ihrem Team Höhlenforschungsarbeiten, Grabungen sowie Bohrungen in der Antarktis durch.

Das riesige Eiskontinent war noch voller unentdeckter Orte gewesen und nur eine Handvoll Forscher hatten dort Forschungsarbeiten durchgeführt.

Es gab noch mehr als genug Orte auf der Antarktis, die bislang noch von keinem Menschen besucht worden waren.

Für die zwei Brüder war das natürlich eine sehr aufregende und mysteriöse Sache gewesen, sodass sie sich, vor wenigen Wochen, gemeinsam mit ihrem Team auf die Antarktis begeben hatten und seither fleißig am Arbeiten waren.

Ähnlich wie die Ozeane, die großteils noch gar nicht erforscht worden waren, erging es der Antarktis.

Es gab so vieles zu entdecken.

Und weil das so gewesen war, wussten die beiden Brüder von denen der ältere Hazar Ihsan und der jüngere Hamza Metin hieß, dass sie mit ihren Entdeckungen ganz bestimmt für sehr viele Schlagzeilen sorgen würden.

Sie stammten beide aus Istanbul und waren um die vierzig Jahre alt gewesen. Genau genommen war Hazar Ihsan eiundvierzig Jahre alt gewesen und Hamza Metin war erst vor wenigen Wochen, kurz vor ihrer Reise in die Antarktis, vierzig geworden.

Ihren zwei Vornamen folgte ihr Familienname Adal, genau wie

ihr Grabungsunternehmen, das nach danach benannt worden war. ADAL – Arkeolojik Kazı Şirketi Istanbul (ADAL – Archäologisches Grabungsunternehmen Istanbul).

Ihr Vater, der bereits in jungen Jahren bei einer seiner Grabungen tödlich verunglückt war, hatte das Unternehmen gegründet und weihte die beiden Brüder bereits als Jugendliche in diesen spannenden Beruf ein, mit dem Ziel, dass sie eines Tages das Unternehmen leiten sollten.

Genau so kam es dann auch. Wenige Monate, nach dem Tod ihres Vaters, auf dem ein schweres Baugerüst gestürzt war, das sein damaliges Team an einem ihrer Grabungsstellen an der Küste Australiens aufgestellt hatte, weil ein plötzliches Erdbeben sie überrascht hatte, übernahmen die damals jungen Brüder, kurz nach dem Beenden ihres Archäologiestudiums, die Leitung und führten die Arbeiten ihres Vaters weiter.

Ihr Vater, der Mehmet Adal hieß, hatte sich vorgenommen sämtliche verschollene Kontinente und Städte zu finden, die womöglich seit Jahrtausenden begraben unter der Erde sowie in den Meeren lagen und darauf warteten entdeckt zu werden.

Dazu gehörten Atlantis, Seeland, Muraya, Lemuria sowie eben auch das verschollene Kontinent Mu, von der er dachte, dass es sich im Pazifischen Ozean befinden würde.

Zu seinen Lebzeiten hatte Mehmet Adal keines davon entdecken können. Auch seine beiden Söhne Hazar Ihsan und Hamza Metin hatten bei ihrer Suche keine Erfolge gehabt. So hatten sie sich dazu entschlossen mit der Suche aufzuhören und sich lieber auf andere Grabungen zu widmen.

So kamen sie auf die Idee, das kaum erforschte Eiskontinent, die Antarktis, genauer unter die Lupe zu nehmen und befanden sich seither dort.

Hazar Ihsan und Hamza Metin arbeiteten für gewöhnlich getrennt von ihrem Team und begaben sich immer zu Zweit an

111

die diversen Grabungsstellen. Ihr Team arbeitete an anderen Stellen und sobald sie etwas entdeckten, meldeten sie es ihren beiden Vorgesetzten. Und umgekehrt genauso.

Im Moment befanden sich die beiden Brüder in einer Eishöhle, die sie vor wenigen Stunden, bei ihren Bohrungen entdeckt hatten und waren dabei sie zu studieren.

Die Eishöhle war sehr geräumig und wirkte, so tief unter der Erde, sehr magisch durch all das türkis-blau schimmernde Eis.

Das war ungewöhlich, denn die Sonne konnte unmöglich hinein- oder draufscheinen, weil sie tief unter der Erde gelegen hatte. Sonstiges Tageslicht oder etwas in der Art, konnte das Innere der geheimnisvollen Höhle auch nicht zum erleuchten bringen.

Aber, zu ihrem Glück, sah es in der Höhle so aus, als würde die Sonne sich direkt in ihr befinden.

Sie lag ganz nah am Eismeer, sodass die beiden Brüder, das Wasser, wenn auch leise, hören konnten, wie es an ihnen vorbeizog.

Das Meer war ja bekannt dafür, dass es einen beruhigt, aber dieses Geräusch des Meeres, hörte sich viel angenehmer und beruhigender an.

Und die riesige Eishöhle selbst, war noch lange nicht so kalt gewesen wie sich es die beiden Brüder anfangs vorgestellt hatten.

Sie war angenehm warm und man konnte sich, ohne Bedenken, sogar die Jacke ausziehen. Doch die Brüder ließen sie dennoch vorsichtshalber an ihren Körpern und spazierten vorsichtig und erstaunt durch die Eishöhle. Ihre Taschenlampen hatten sie abgedreht und weggesteckt, da die Eishöhle bereits für genug Licht gesorgt hatte.

Das Team wusste noch nichts von ihrer neuen Entdeckung, weil sie so fasziniert darüber gewesen waren, dass sie vergessen hatten, die anderen mit ihren Walkie-Talkies zu verständigen.

Sie gingen immer weiter und immer tiefer in Eishöhle hinein und erkundschaften sie weiter.

Egal wie tief sie hinabstiegen und egal wie weit sie hinein gingen, die Höhle wurde nicht dunkler. Das magisch schimmernde Licht, die sowohl von den Eisdecken als auch von den Eiswänden auf sie drauf leuchtete, erhellte alles um sie herum.

Während Hazar Ihsan, der ältere Bruder, in ein großes Loch, das sich in eines der eisigen Höhlenwände befand, erkundete, fiel dem jüngeren Bruder Hamza Metin ein gold-gelb schimmernder Gegenstand, der sich unter dem Eisboden befand, auf. Er sah es sich genauer an, aber er konnte nichts erkennen. Aufgrund der massiven Eisschicht war es trüb und verschwommen.

Sofort rief er sein Bruder zu sich und zeigte ihm seine neue Entdeckung.

Beide warfen sich erstaunte, aber auch sehr freudige Blicke zu, so als ob sie den großen Jackpot im Lotto geknackt hätten.

Sie fragten sich, was das bloß sein könnte und beschlossen nicht länger Zeit zu verlieren, sodass sie sofort ihre speziellen Eispickel herauszückten und mit ihnen eifrig in das harte Eis einschlugen.

Sie schlugen und schlugen und brachen das Eis immer mehr auf. Und je mehr sie von der harten Eisschicht entfernten, umso mehr strahlte der Gegenstand, der sich darunter befand, auf sie.

Sie hörten nicht auf und schlugen immer kräftiger, schneller und unermüdlich auf den Eisboden ein und drangen immer weiter hinein.

Schließlich, nach guten dreißig Minuten, hatten sie ihr Ziel erreicht und die dicke Eisschicht war vollkommen entfernt worden.

Nach einem kurzen Seufzer der Erschöpfung, griffen sie hinein und zogen den Gegenstand mit viel Kraft heraus.

Als sie ihn komplett herausgezogen hatten, wurde ihnen klar, dass es sich um eine Art goldene Truhe handelte. Sie war aus massivem Gold und war etwa so groß wie eine Schlafzimmerkommode. Sie hatten keine Ahnung was sie da gerade entdeckt hatten, aber eines war ihnen klar gewesen. Sie würden damit definitiv für Schlagzeilen auf der ganzen Welt sorgen, sobald sie davon öffentlich berichten würden.

Schon allein die Truhe selbst, dürfte einen unschätzbaren Wert haben, geschweige denn, von dem, was sich in ihrem Inneren befinden würde.

Hazar Ihsan und Hamza Metin rätselten darüber, was die Truhe wohl sein konnte und wie sie sie öffnen könnten. Denn ein Schloss oder eine Stelle zum Öffnen war nicht vorhanden gewesen.

Es war jedoch deutlich zu erkennen, dass die Truhe einen Deckel hatte. Also müsste sie auch irgendwie aufgehen können.

Während sie die Truhe von oben bis untern inspizierten und nach einer Möglichkeit suchten sie zu öffnen, entdeckte Hamza Metin, etwas unterhalb, etwa in der Mitte der Truhe, eine Art Kerbung, von der dachte, dass dies die Stelle zum Öffnen sein könnte.

Ohne weiter zu überlegen, griff er mit seinem rechten Daumen voran, hinein und wollte den Deckel anheben.

Doch zischend zog er seine Hand ganz schnell wieder zurück und sah, dass sein Daumen, durch ein Einstich, den er dieser Kerbe zu verdanken hatte, zu bluten angefangen hatte.

Hazar Ihsan eilte schnell zu seinem jüngerem Bruder um nachzusehen, ob alles in Ordnung mit ihm gewesen war.

Es war zum Glück nicht weiter schlimm gewesen. Nur ein kleiner Stich.

Doch dann geschah etwas sehr mysteriöses. Durch das Blut von Hamze Metin, das die goldene Truhe beschmiert hatte, fing sie plötzlich weiß-gold zu leuchten an.

Erstaunt und fasziniert zugleich, fast schon hypnotisiert, beobachteten die beiden Brüder das Wunder, das sich direkt vor ihren Augen abspielte.

Plötzlich öffnete sich die Truhe ganz langsam und ein starkes, weißes Licht strahlte aus ihr heraus. Es schien fast so, als ob die Sonne selbst sich in der Truhe befinden würde. Die Brüder konnten nicht erkennen was sich im Inneren der Truhe befand und was so stark leuchtete, weswegen sie ihre Hände vor ihren zusammen-gekniffenen Augen schützend halten mussten.

Und dann, nur wenige Sekunden danach, vollkommen auf eine mysteriöse Art und Weise, waren die beiden Brüder, mitsamt der Truhe, verschwunden. Sie waren einfach weg. Wie als wären sie alle gemeinsam weggebeamt worden.

Sie verschwanden und hinterließen keine Spuren.

Bis auf das Loch am Eisboden, das sie eingeschlagen hatten um die große und goldene Truhe herauszerren zu können.

Ihr Team, das sich die ganze Zeit über, draußen befand und mit anderweitigen Grabungen und Bohrungen beschäftigt gewesen war, bekam von alle dem nichts mit.

Erst, etwa zwanzig Minuten, nach diesem mysteriösen Ereignis und dem spurlosen Verschwinden, sollte das Team die geheimnisvolle Eishöhle ebenfalls entdecken und feststellen, dass ihre beiden Vorgesetzten nicht ausfindig gemacht werden konnten.

Sie waren plötzlich verschwunden. So als wären sie vom Erdboden verschluckt gewesen. Keiner im Team schaffte es sie weder per Walkie-Talkie zu kontaktieren noch konnten sie durch die große Suchaktion, die sie sofort in die Wege geleitet hatten, finden.

KAPITEL 7

DER TEUFEL

Menschen sind des Teufels größte Feinde, heißt es.

Seit der Erschaffung der Menschen, lässt der Teufel sie nicht in Ruhe und hat stets seine fiesen Hände an deren Kragen.

Er verfolgt sie auf Schritt und Tritt und versucht alles in seiner Macht stehende, um sie vom rechten Pfad abkommen zu lassen und in die Dunkelheit zu führen.

Der Teufel hasst und verabscheut die Menschen wie sonst nichts anderes im gesamten Universum.

Und daran wird sich auch nichts ändern.

Vor sehr, sehr vielen Jahren, ganz am Anfang, als die menschliche Rasse noch nicht existierte, wurde die Erde von den Dschinns bevölkert.

Und über viele Milliarden Jahre hinweg, erfüllten die Engel, sowohl auf der Erde als auch im Jenseits ihre Aufgaben, die Gott höchstpersönlich ihnen auferlegt hatte.

Und unter all diesen Engeln, gab es ein ganz bestimmtes Wesen, das gemeinsam mit den Engeln am Himmelsfeld lebte.

Zu der damaligen Zeit, besaß es einen sehr hohen Rang und es sollte sich später als der Teufel einen Namen machen. Oder genauer gesagt, als Satan. Doch diesen Namen sollte er erst nach der Erschaffung des ersten Menschen erhalten.

Zu Beginn war sein Name noch Azazel.

Azazel wurde aus einem sehr reinen und rauchlosem Feuer von Gott erschaffen.

Die Temperatur von Azazel, der nur aus einer einzigen Flamme entstanden war, war ganze siebzig Mal höher als die vom Feuer selbst.

Doch nur weil er vom Feuer entstanden war, hieß das nicht unbedingt, dass er ein rein negatives Wesen gewesen war.

Denn Feuer kann auch durchaus Gutes bewirken. Vor allem für die Menschen, die ja auch zu einem gewissen Teil vom Feuer erschaffen wurden. Es kann ein sehr hilfreiches Element sein, jedoch kann es auch sehr viel Schaden anrichten. Es kommt nur darauf an, wie der Mensch sich dem Feuer nähert.

Genau wie es beim Regen ist. Der Regen kann sehr wohl ein Segen sein, aber er kann auch alles überfluten und zerstören. Alles im gesamten Universum hat sowohl negative als auch positive Auswirkungen.

Da der Teufel sehr lange Zeit unter den Engeln weilte und mit ihnen gemeinsam lebte, sind viele Menschen der Meinung, dass er auch ein Engel sei. In seinem Fall, ein Gefallener Engel.

Doch viele wiederum sind anderer Meinung und behaupten, dass der Teufel kein Engel sei.

Und das hatte einen ganz besonderen Grund.

Denn der Teufel war das einzige Wesen unter all den Engeln, der eine bestimmte Eigenschaft besaß, die sonst kein anderer Engel hatte.

Diese Eigenschaft war die Arroganz beziehungsweise die Überheblichkeit.

Bis zu einem bestimmten Zeitpunkt, hatte auch der Teufel, also Azazel, damals mit den Engeln diverse Aufträge erfüllen müssen, die Gott ihm erteilt hatte und er hatte nie von seiner schlechten Eigenschaft, nämlich der Arroganz, gebrauch gemacht. Ihm war zwar bewusst, dass er diese Eigenschaft besaß, aber er hatte es nicht nötig, sie auf irgendeiner Art und Weise zum Vorschein zu bringen.

All die anderen Engel hingegen, wussten von der besonderen Eigenschaft des Teufels noch nichts.

Gott wusste es sehr wohl, aber er ließ sich es nicht anmerken.

Doch es dauerte nicht lange, da offenbarte der Teufel diese Eigenschaft am Ende doch noch.

Und das lief folgendermaßen ab.

Die Dschinns, die damals die Erde bevölkerten, verursachten ein Chaos nach dem anderen und vergossen dabei auch sehr viel Blut. Denn irgendwann hatten sie angefangen sich zu bekriegen und hatten auch nicht vor damit aufzuhören.

Dem Gott gefiel das ganz und gar nicht, woraufhin er sofort eine Armee aus Engeln zusammenstellte und den Teufel beziehungsweise Azazel als ihren Anführer auserwählte.

Der Teufel und seine Armee aus Engeln, konnten die Dschinns, ohne große Mühe, besiegen und aufhalten. Nach deren Niederlage, hatte der Teufel beschlossen, alle Dschinns, ganz weit zu den Bergen zu bringen und sie in dessen Tiefen zu begraben.

Fern von allen Augen.

Kurz nachdem er das vollbracht hatte, ließ er bereits seine Arroganz zum Vorschein bringen.

Ohne, dass die anderen Engel ihn hören konnten, flüsterte er sich selbst zu, wie toll er seine Aufgabe gemeistert hatte und lobte sich dafür selbst. Er war dabei regelrecht eingebildet und überheblich gewesen.

Und dieses Eigenlob gefiel ihm so sehr, dass es immer mehr Besitz von ihm ergreifen sollte. An jenem Tag war in den Geschmack gekommen und wollte einen Sieg nach dem anderen erlangen und dadurch im Mittelpunkt stehen. Jeder sollte von ihm und seinen Erfolgen sprechen.

Doch eines Tages war der große Moment gekommen. Der Moment, an dem Gott seinen Engeln von seiner nächsten Kreation berichten wollte.

Die Erschaffung von Menschen.

Jetzt wo die Dschinns fort waren, sollten neue Lebewesen die Erde bevölkern und sie sollten besser und intelligenter sein als die Dschinns.

Das löste bei den Engeln eine gewisse Unruhe aus, da sie dachten, dass die Menschen, ähnlich wie die Dschinns vor ihnen, eine ebenso chaotische und grausame Rasse werden könnten und stellten Gott die Frage, wieso er das tun wolle, woraufhin er ihnen die Antwort gab, dass er etwas wisse, wovon die Engel nichts wüssten.

Und schon kurz darauf gab Gott den Befehl, ihm ein wenig Erde zu bringen um den ersten Menschen, Adam, zu erschaffen.

Die Erde kam und Adam wurde aus ihr erschaffen.

Doch er war nicht von Anfang an lebendig gewesen. Adam bestand nur aus einem leeren Körper, der ganze vierzig Tage auf die weitere Prozedur warten musste.

Und alles begann während dieser Zeit.

Die Gefühle des Teufels erdrückten und zerfraßen ihn innerlich. Er konnte diese Tatsache, nämlich die Erschaffung von Menschen, einfach nicht ertragen. Kein Lebewesen sollte besser und intelligenter sein als er. Bis zu diesem Zeitpunkt war nämlich Azazel etwas Besonderes gewesen. Er war der überlegenste von allen. Er war Gottes besondere Schöpfung. Da konnte und wollte er die Tatsache nicht akzeptieren, dass Gott nun ein Lebewesen erschafft, der sich mit ihm konkurrieren und ihm überlegen sein konnte.

Jede Nacht, in diesen vierzig Tagen, in denen der leere Körper von Adam warten musste, besuchte ihn der Teufel und rief ihm immer wieder zu, dass er ein Nichts sei, während er dabei um ihn herum spazierte.

Und fügte hinzu, dass, wenn er Besitz von ihm ergreifen würde, es kein Entkommen mehr für ihn gäbe. Er versuchte dem ersten Menschen dadurch Angst zu machen und ihn zu unterdrücken. Azazel wollte, dass der erste Mensch nicht einmal Ansatzweise auf die Idee kommen sollte, dass er ihm in Wahrheit überlegen gewesen war.

Einfach so, aus dem Nichts, hatte der Teufel somit sich Adam zum Feind gemacht.

Schließlich waren die vierzig Tage zu Ende und Gott gab dem leeren Körper von Adam eine Seele und brachte ihn dadurch zum Leben.

Und genauso wie er es bereits zu Beginn befohlen hatte, sollten alle Engel und auch der Teufel für Adam beten. Sie sollten die neueste Kreation Gottes würdigen und ihn anbeten.

Ohne Fragen zu stellen oder sich dagegen vorzubeugen, führten sämtliche Engel diesen Befehl durch. Bis auf einen Einzigen, der Teufel.

Azazel, der die Erschaffung von Adam einfach nicht akzeptieren wollte.

Das war genau der Moment, in dem die Feindseligkeit zwischen dem Teufel und dem Menschen offiziell entstanden war.

Und genau in diesem Moment, änderte Gott den Namen des Teufels von Azazel zu Satan. Dieser Name war eine Abwertung, eine Erniedrigung und bedeutete in etwa wie, der der schlechtes und böses im Sinne hatte. Gott entmachtete Azazel zudem von all seinen Gaben sowie seinem hohen Rang und wollte ihn, für sein Ungehorsam, bestrafen. Doch Satan bat Gott darum, mit seiner Bestrafung, ihm Zeit bis zum Tag des jüngsten Gerichts zu geben. Denn Satan wusste, dass Gott gnädig und vergebend war und er ihm diesen Wunsch nicht abschlagen würde.

So gab Gott ihm dieses Versprechen, woraufhin Satan die Zeit bis zu seiner Bestrafung, damit verbringen wollte, seinen größten Feind, den Mensch, in den Pfad der Dunkelheit zu locken und ihn mit verschiedenen Sünden zu verführen. Der Mensch sollte dafür büßen, was er dem Teufel angetan hatte.

Selbstverständlich wusste Gott, dass Satan diesen dunklen Weg beschreiten würde, aber er wollte ihm dennoch eine Chance geben und ihn auf die Probe stellen, damit er doch noch am Ende zu Gott zurückfindet und er ihm seine Gnade erweist.

Und weil Satan diese Prüfung antreten musste, stellte Gott ebenso die Menschen auf die Probe und wollte sie ebenfalls damit prüfen um zu sehen, wer von ihnen sich von Satan verführen lässt und wer nicht.

Gott hätte zwar auch Satan von Anfang an vernichten können, aber er war der Meinung gewesen, dass selbst ein böswilliges Wesen wie er eine Chance verdient hatte. Denn der Teufel selbst hatte sich dazu entschlossen den dunklen Weg zu gehen und nicht mehr im Dienste Gottes zu stehen. So sollte er die Möglichkeit erhalten wieder zurück zu Gott und somit den Pfad des Lichtes und der Erleuchtung zu finden. Einzig und allein der Teufel selbst sollte darüber die Entscheidung treffen.

Der zweite Grund war, dass Gott dem Satan damit zeigen wollte, dass seine Geschöpfe, nämlich die Menschen, keineswegs seinem dunklen Weg folgen und sie stattdessen stets mit Gott auf dem Pfad des Lichtes bleiben würden. Nicht einmal ein so listiges und böswilliges Wesen, das mit Neid und Eifersucht gefüllt ist, sollte es schaffen, die intelligenten und gutwilligen Menschen zu bekehren und sie in die Irre zu führen. Dadurch würde sich, falls Satan bis zum Tag des jüngsten Gerichts, nicht wieder zur Vernunft kommen sollte, die Strafe umso mehr erhöhen und Gott würde ihn härter bestrafen.

Satans Arroganz beziehungsweise seine Überheblichkeit war so enorm, dass er, obwohl er wusste, welch eine große Strafe ihn erwarten würde, er dennoch auf die Abmachung mit Gott eingegangen war.

Er war sehr überzeugt von sich gewesen, all die Menschen in sein Bann zu ziehen und sie alle von Gott abzubringen.

So hatte er schon, als Adam und Eva, der zweite Mensch, den Gott erschaffen hatte, sich noch im Paradies befanden, ohne Zeit zu verlieren, angefangen die beiden zu verführen und sie an seine Seite zu locken.

Zu seiner eigenen Überraschung, hatte er auch Erfolg dabei und schaffte es, dass Adam und Eva eine Sünde begingen, woraufhin Gott sie zur Strafe auf die Erde verbannte. Denn es war gedacht, dass die ersten Menschen, nämlich Adam und Eva für immer, von Anfang an im Paradies verweilen, während ihre Nachfahren die Erde neu bevölkern sollten. Doch sie hatten es vermasselt und wurden daraufhin mit der Verbannung auf die Erde bestraft.

Diese Verbannung, ermöglichte dem Teufel ein wesentlich leichteres Spiel.

Denn auf der Erde, konnte er sich frei bewegen und dadurch die Menschen aus allen Richtungen angreifen.

Gott hatte damals gehofft, dass Adam und Eva, sich nicht vom Satan verführen lassen, sodass auch deren Nachkommen weiter im Paradies verweilen konnten und dem Satan kein leichtes Spiel ermöglichen sollten.

Doch Adam und Eva hatten die Prüfung nicht bestanden und mussten von diesem Zeitpunkt an auf der Erde verweilen.

Sofern die Menschen über etwas Böses beziehungsweise über eine böse und schlechte Tat nachdachten, bekam Satan das mit und griff sofort ein. Er drang in ihre Gedanken ein und versuchte diese bösen Gedanken, die die Menschen hatten, zu verstärken und sie dazu zu bringen, diese auszuführen. Bei den schwächeren schaffte er das auch, aber bei denen mit einem stärkeren Willen, versagte er. So bestanden einige Menschen ihre Prüfungen und während andere scheiterten.

Wer es schaffte, die Prüfungen zu bestehen und nicht vom rechten Pfad abzukommen und stets Gutes tat, dem sollte der

Eintritt in das Paradies gewährt werden. Dahin wo Gott eigentlich von Anfang an alle Menschen dafür vorgesehen hatte. Damals als Prüfungen noch kein Thema gewesen waren. Sie sollten auf der Erde leben und nach dem Tod direkt in das Paradies eintreten dürfen.

Und wer sie nicht bestand und dem Satan folgte, sollten die Tore vom Paradies verschlossen bleiben. Damit Satan die Seelen von all jenen Menschen, die die Prüfungen nicht geschafft hatten, weil sie stets Böses taten und somit ihm folgten und nicht ihrem Schöpfer Gott, besitzen konnte, erschuf er sich, genau wie Gott, ein eigenes Reich, das als die Hölle bekannt werden sollte, in der er all die Geschöpfe Gottes ewig bestrafen und peinigen wollte.

Lebenden konnte er nicht viel anrichten als sie zum Bösen zu verleiten und sie zu verschiedenen Sünden zu verführen, aber in der Hölle hatte er die totale Kontrolle über ihre Seelen und konnte mit ihnen anstellen was er wollte.

Doch so listig wie er nunmal gewesen war, so ließ er sich viele Tricks einfallen um die Menschen immer mehr zu bösen Taten zu drängen. Genau wie Gott die Engel erschaffen hatte, die ihm dienten, so erschuf der Satan sich Dämonen, die ihm folgten und dienten.

Zudem ließ er sämtliche Dschinns, die er lange zuvor besiegt hatte, wieder frei und schaffte es auch sie für sich zu gewinnen. Er erzählte ihnen, dass Gott ihn und die Engel damals herabgesandt hatte, um sie alle zu vernichten und von der Erde zu verbannen. Damit sorgte er bei den Dschinns für großen Hass gegenüber Gott, sodass sie sich sofort ihm angeschlossen hatten. Doch nicht alle wollten dem Satan folgen und sich mit ihm verbünden. Manche entschieden sich dafür den Menschen zu helfen, als sie von den dunklen Plänen des Teufels gehört hatten. Sie wollten gegen seine bösen Absichten ankämpfen und so die Menschheit beschützen.

Die Dämonen und die Dschinns sollten ihm dabei helfen, auf der Erde für Unruhe und Chaos zu sorgen, sodass immer mehr Menschen dem Bösen verfallen konnten.

Und es dauerte nicht lange bis ihm dies auch tatsächlich gelungen war. Die Menschen spalteten sich zu Gut und Böse.

Das war ihm großteils deswegen gelungen, weil er und seine Dämonen menschliche Gestalten annahmen und sich dadurch leichter unter die Menschen mischen konnten. Viele von ihnen nahmen ernsthafte Führungsrollen ein, sodass sie große und reiche Menschen verführen und zu bösen Absichten verleiten konnten, denen wiederum andere Menschen folgten und denen folgten wieder andere und so weiter.

Diejenigen, gegenüber Satan sich offenbart hatte, hatten sogar angefangen ihn als ihren Gott anzusehen und beteten seither ihn an. Sie gründeten eigene Kreise in denen sie Satan huldigten und sich ihm unterwarfen. Sie taten für ihn alles was er von ihnen verlangte und im Gegenzug gab er ihnen alles was sie wollten.

Der Teufel war sich seines Sieges gegenüber Gott sicher und er zweifelte kein Bisschen daran, dass er am Ende alle Menschen bekehren und sie für sich gewinnen würde. Auch wenn es noch so lange dauern sollte.

Der Teufel hatte es geschafft seine Botschaften über viele Wege auf der gesamten Welt zu verbreiten. Sei es durch die fortschreitende Technologie oder durch Filme, Musik, Videospiele, Medien, einflussreiche Menschen, diverse Kunstwerke wie zum Beispiel Gemälden, Statuen oder fragwürdige Ausstellungen überall auf der Welt, die eben als solche „Kunstwerke" getarnt, Menschen viel mehr schockierten als faszinierten sowie architektonische Werke und vieles mehr.

Der dunkle Schatten den er abgeworfen hatte, legte sich sehr schnell, bis auf einige Ausnahmen, über die gesamte Menschheit.

Doch lange bevor der Teufel all dies erlangen konnte, hatte er hin und wieder doch Zweifel an seinem Sieg, weswegen er sich ernsthafte Sorgen darüber machte. Er entschied sich einen der damaligen Auserwählten Gottes auf der Erde zu besuchen und flehte ihn darum, dass er für ihn bei Gott um Gnade suchen solle, damit Gott ihm vergibt. Der Auserwählte bat Gott um Gnade für Satan, doch Gott wollte Satan nicht vergeben, eher dieser nicht beim Grabe Adams betete.

Daraufhin wurde Satan wütend und sagte, dass er zu Adams Lebzeiten nicht zu ihm betete, da würde er ganz bestimmt nicht an seinem Grab ein Gebet halten und zog seines Weges.

Jahre später besuchte der Teufel erneut einen weiteren Auserwählten Gottes und klopfte an dessen Tür und bat eintreten zu dürfen. Der Auserwählte öffnete ihm die Tür und ließ ihn in seine Wohnung um sich anzuhören was der Teufel von ihm wollte.

Der Teufel sagte dem Auserwählten, dass er nicht von sich aus zu ihm gekommen sei, sondern, dass Gott es so wollte.

Als der Auserwählte den Grund dafür wissen wollte fing der Teufel an ihm alles zu erzählen.

Er erzählte, dass Gott unbedingt darauf bestanden hatte den Auserwählten aufzusuchen, und zwar in einer nahezu am Boden zerstörte Weise. Vollkommen schwach und aufgebracht war der Teufel gewesen.

Er sollte dem Auserwählten von seinen dunklen Plänen erzählen und davon was er mit den Menschen gedachte zu tun.

Und das alles ohne eine einzige Lüge. Der Teufel sollte dem Auserwählten von Anfang an die Wahrheit erzählen.

Denn Gott hatte ihm damit gedroht ihn auf der Stelle zu Asche zu verwandeln und ihn dadurch vor seinen Feinden bloß zu stellen, falls er auch nur die kleinste Lüge erzählen sollte.

Der Auserwählte fing an einige Fragen zu stellen und wollte wissen, wen der Teufel von all den Menschen am meisten hassen würde. Daraufhin gab ihm der Teufel, ohne lange nachzudenken und ohne zu lügen, dass er ihn, den Auserwählten von allen am meisten hassen und verabscheuen würde.

Da der Teufel sich nicht in Asche verwandelte, wusste der Auserwählte, dass er die Wahrheit gesagt hatte.

Dann wollte der Auserwählte vom Teufel wissen, wen er an zweiter Stelle am meisten hassen würde. Daraufhin antwortete der Teufel erneut ohne lange nachzudenken und ohne zu lügen, dass er jene junge Menschen, die den Weg Gottes gehen, hassen und verabscheuen würde.

Und wieder stand der Teufel voll und ganz vor dem Auserwählten ohne sich in Asche verwandelt zu haben.

Der Auserwählte wollte nun wissen, wen der Teufel an dritter Stelle am meisten hassen würde. Daraufhin antwortete der Teufel, dass er all die jene Menschen hassen und verabscheuen würde, die obwohl sie nichts besaßen dennoch geduldig blieben, sich nicht über ihre missliche Lage beschwerten und weiterhin Gottes Weg gingen.

Auch diesmal hatte der Teufel sich nicht in Asche verwandelt. Ein Zeichen dafür, dass er erneut die Wahrheit ausgesprochen hatte.

Und der Auserwählte fragte ein weiteres Mal, wenn er an vierter Stelle hassen würde. Der Teufel antwortete ihm und verriet, dass er den dankbaren reichen Menschen hassen und verabscheuen würde. Den Menschen, der es von ganz alleine zum Erfolg geschafft hatte und dadurch Gott auf Ewig dankbar gewesen war. Und wieder hatte der Teufel die Wahrheit gesagt und stand noch vollkommen heil und unversehrt vor dem Auserwählten.

Die Frage und Antwort Runde ging einige Zeit so weiter und jedes Mal antwortete der Teufel dem Auserwählten mit der Wahrheit.

Der Teufel verriet zudem noch, dass er Menschen hassen und verabscheuen würde, die beteten, die fasteten und die anderen Menschen in Armut halfen. Jedes Mal, wenn er derartige Gute Taten erleben musste, wurde er von großem Schmerz und Leid geplagt.

Er erzählte, dass er das Lügen hingegen mochte und wie gern er Menschen anlog und sie mit all seinen Lügen in den falschen und dunklen Pfad verleiten würde.

Zudem war er sehr stolz auf sich und prahlte vor dem Auserwählten als er diesem verraten hatte, dass er das erste Wesen überhaupt gewesen war, das mit dem Lügen angefangen hatte. Und er sagte, dass jeder der lügt, sein Freund ist. Er prahlte auch damit, dass er selbst Adam und Eva, die ersten menschlichen Geschöpfe Gottes, durch die Lüge ins Unglück gestürzt und sie dazu verführt hatte eine Sünde zu begehen.

So hatte der Teufel dem Auserwählten an jenem Tag von all seinen schrecklichen und bösen Taten erzählt. Er hatte nichts ausgelassen und erzählte ausnahmsweise stets die Wahrheit. Gott hatte das so befohlen, damit der Auserwählte die Menschheit vor dem Teufel und seinen bösen Absichten warnen konnte. Sie sollten wissen, dass ein Wesen wie der Satan sie alle in das Verderben stürzen wollte und, dass sie ihm, Gott, nicht den Rücken kehren sollten. Denn wenn sie es dennoch tun sollten, würde Gott sie dafür bestrafen. So konnten sie stets auf der Hut sein und wissen, dass wenn ihnen immer etwas Böses zustoßen sollte, der Teufel am Werk war und sie nicht auf seine Tricks hereinfallen sollten.

Und heutzutage, nach so vielen Jahren, befindet sich der Teufel immer noch mitten unter den Menschen und versucht weiterhin

mit seinen Tricks und Lügen, sie alle in die Irre zu führen.
Doch am Ende haben immer noch die Menschen das Sagen.
Gott ließ ihnen, trotz vieler Warnungen, die Wahl. Genau wie
er einst dem Teufel die Wahl gelassen hatte.
Denn die Menschen wurden genau zwischen Engeln und Tieren erschaffen. Wenn der Mensch es möchte, kann er auf einer höheren Stufe stehen als ein Engel, aber er kann auch, wenn er sich nicht allzu viel Mühe gibt und dem Teufel folgt, unter jedes Tier stehen.
Die Wahl liegt also beim Menschen selbst. Entscheidet er sich nun für das Gute oder geht er am Ende doch den Weg des Bösen, indem er sich dem Teufel beugt?
Wird der Mensch seine Prüfungen bestehen können oder wird er versagen, weil er den dunklen, verführerischen und flammenden Weg des Teufels geht?

KAPITEL 8

EIN BESUCH IN DER HÖLLE

Die Hölle.

Ein Ort an dem kein Mensch sein möchte, aber dennoch nicht aufhören kann alles drauf und dran zu setzen um am Ende doch noch dort zu landen.

Dabei ist es ganz einfach den folternden Flammen der Hölle zu entkommen. Man muss, während seiner Zeit auf der Erde, Gutes vollbringen und sich vom dunklen Pfad fernhalten. Ganz egal, wie schwer dies auch sein mag. Darin besteht ja wohl die Prüfung, die Gott für jeden Menschen vorgesehen hat.

Etwas böses zu tun oder zu zerstören ist einfach. Das eigentlich schwierige ist, Gutes zu leisten und aufzubauen.

Deswegen sollte man, egal wie hart es auch sein mag, niemals weder die Geduld noch die Hoffnung verlieren und nicht damit aufhören gute und sinnvolle Taten zu vollbringen.

Die Hölle ist also das Reich des Teufels und das Zuhause all seiner dämonischen und boshaften Dienerschaft.

Bei ihrer Erschaffung ließ der Teufel all seine Kreativität freien Lauf und kreierte somit ein Ort des wahrhaftigen Grauens.

Jene unreinen Seelen, die darin landen sollten, sollten die schrecklichsten und furchtbarsten Strafen erleiden, die sie nur bekommen konnten.

Diese Strafen hatte sich der Teufel zwar selbst ausgedacht, doch ausgeführt wurden sie von den dafür vorgesehenen Dämonen, den sogenannten Höllenwärtern.

Diese Wesen sind sehr grausam und kennen kein Bisschen Reue. Schon allein ihr Äußeres sorgt für sehr viel Angst und Schrecken bei den Seelen, die von ihnen abgeholt werden.

Große, muskulöse und sehr hässliche Gestalten, die der Seele eines Menschen, der zu seinen Lebzeiten ständig böses und immer schlechtes getan und stets den Weg des Teufels gegangen war, ein Hemd aus purem Feuer anzogen und ihn direkt in die Hölle mitnahmen.

Während ihrer Reise zur Hölle, konnte die Seele nicht aufhören zu schreien und zu flehen, während das flammende Hemd seine gesamte Haut verbrannte.

Doch es war bereits zu spät für ihn. Um Vergebung hätte er bitten sollen, als er noch lebte und die Chance dazu hatte.

Jetzt war er zu einem weiteren Gesellen in der Hölle geworden, in der sich schrecklichem und unvorstellbarem Folter hingeben musste.

Da gab es sehr viele ausgefallene Strafen wie die, bei der zum Beispiel einem die Haut vollkommen abgebrannt wird bis er schmilzt und sich von Fleisch und Knochen löst und anschließend sich regeneriert um erneut zu verbrennen und sich vom Fleisch und Knochen abzulösen. Diese Strafe wiederholte sich auf ewig. Immer und immer wieder und bereitete, aufs Neue, der unreinen Seele grauenhafte und schreckliche Schmerzen zu.

Dann gab es eine Bestrafung, bei der die Höllenwärter den Seelen, mit einem großen und schweren Hammer, die Köpfe einschlugen, sodass sich ihre gesamte Gehirnmasse auf dem brennenden Höllenboden verteilte. Anschließend wurden die Köpfe regeneriert um erneut vom großen und schweren Hammer eingeschlagen zu werden. Auch diese Strafe wiederholte sich immer und immer wieder und bereitete jedes Mal der betroffenen Seelen sehr große Schmerzen zu.

Andere Strafen beinhalteten den schmerzvollen Angriff durch Schlangen und Skorpionen. Andere wiederum bestanden darin, dass die unreinen Seelen gezwungen wurden kochend heißes

Wasser zu trinken, sodass jedes Mal ihre Gedärme und Mägen dadurch einschmolzen. Wieder andere wurden solange aufgebläht bis ihre Körper explodierten und ihre Fleischreste sich überall verteilten. Auch der Klippensturz, bei der die Seelen von Meterhohen Klippen heruntergestürzt wurden, sodass sie brutal auf dem brennenden Höllenboden aufschlugen, war unter den Höllenwärtern sehr beliebt.

Es gibt auch eiskalte Stellen in der Hölle, an denen all die unreinen Seelen erfrieren, zu Eis erstarren und dann von den Höllenwärten kaputt geschlagen werden. Auch das wiederholte sich immer und immer wieder. Andere unreine Seelen wurden abwechselnd zuerst in ein kochend heißes Wasser geworfen, herausgezogen und dann sofort in eiskaltes Wasser geworfen. Auch das wiederholte sich für die betroffene unreine Seele immer und immer wieder bis in aller Ewigkeit.

Manche unreine Seelen mussten auf ewig im Meer, bestehend aus purem Lava, brennen.

Und manch andere wurden dazu gezwungen einige Körperteile von sich selbst zu essen.

Einige weibliche Seelen wurden von ihren Brüsten auf dicke, spitze und brandheiße Haken aufgehängt und verweilten auf ewig in dieser Lage in der Hölle.

Die Hölle ist wahrhaftig ein Ort des Grauens. Sie ist der Ort des Grauens.

Und der Teufel freute sich über jede Seele, die darin auf ewig verweilen musste. Denn der Teufel liebte es die Geschöpfe Gottes, seines Widersachers, dermaßen leiden zu sehen. Denn der Teufel hasste und verabscheute die Menschen abgründig und hatte immer das Schlechte für sie gewollt, auch wenn er ihnen gegenüber das Gegenteil behauptete. Schließlich wollte der Teufel so viele Menschen wie möglich auf seine Seite ziehen um sich dadurch am Tag des jüngsten Gerichts retten und

die Abmachung mit Gott gewinnen konnte.
Also log und betrog der Teufel bis dahin weiter fleißig.

Barlas saß mit seiner Mutter Esra am Esstisch und sie aßen gemeinsam ein köstlich zubereitetes Lahmacun nach dem anderen.
Während Barlas noch im Dienst war, hatte seine Mutter die schmackhaften und gewürzvollen Teigwaren belegt mit Faschiertem, die man auch als türkische Pizza kannte, zubereitet.
Dazu hatte sie, so wie es zu diesem Gericht üblich war, diverse Beilagen, wie hauchdünn, der Länge nach geschnittene Gurken, in kleine Würfel geschnittene Tomaten, kleine scharfe Pepperonis, dünne Streifen Eisbergsalat, zurecht gezupfte Petersilien, in Scheiben geschnittene Zwiebel sowie geviertelte Zitronen und Jungzwiebel, zubereitet, die sie auf das Lahmacun legten und zu einem Dürüm zusammenrollten.
Dazu gab es frisches, selbstgemachtes, schaumiges und kühles Ayran.
Barlas liebte dieses Gericht so sehr, sodass er kaum aufhören konnte einen nach dem anderen zu essen.
Esra hatte sich damit wiedereinmal selbst übertroffen und sie mochte und genoss den Anblick ihres Sohnes dabei sehr.
Beim Essen bevorzugten sie es nicht besonders viel zu sprechen, weswegen ihre Unterhaltungen oft hinterher stattfanden.
Meist zu einer gemütlichen Runde mit türkischem Kaffee.
Vom Vorfall in der letzten Nacht, hatte Esra, obwohl in den Nachrichten darüber berichtet wurde, nichts davon mitbekommen, dass der ehemalige Trainer ihres Sohnes einen sehr tragischen Tod erlitten hatte. Sie war eine berufstätige Frau, die zudem noch alleinerziehende Mutter war, die auch noch den gesamten Haushalt führen musste, weswegen sie nicht sehr oft

dazu kam die Nachrichten zu verfolgen. Zeitungen las sie so oder so nie. Wenn sie mal etwas Glück hatte und Zeit finden konnte, legte sie sich auf das Sofa vor dem Fernsehgerät hin und sah sich diverse Sitcoms oder sonstige Sendungen an.

Barlas hatte über die Tragödie bereits am Arbeitsplatz in seinem Container auf der Baustelle in einer Zeitung gelesen und er wollte ebenfalls kein Wort darüber verlieren. Jedenfalls solange nicht, bis seine Mutter das Thema selbst zur Sprache bringen würde.

Doch zu seinem Glück, fand ein Gespräch darüber nie statt. Denn er belog seine Mutter nur ungern und war darüber froh gewesen, dass er bezüglich diesem Thema sie nicht belügen musste.

Während des gesamten Essens musste er zwar anfangs daran denken, was er in der Nacht getan hatte, denn nicht nur sein Trainer war gestorben, sondern auch eines der teilnehmenden Mitglieder, doch er konnte sich sehr schnell von diesen Gedanken, obwohl er für den Tod der beiden Männer verantwortlich gewesen war, lösen und sich weiterhin auf das köstliche Lahmacun konzentrieren.

Nach dem sie beide aufgegessen und satt gewesen waren und Barlas mit einem dicken und vollgefüllten Bauch sich von der Küche in das Wohnzimmer begeben hatte um sich ein wenig auf dem Sofa auszuruhen, räumte Esra den Esstisch auf und bereitete anschließend den türkischen Kaffee für sich und ihren Sohn zu.

Kurz nachdem sich Barlas auf das Sofa fallen gelassen hatte wie ein großer und schwerer Stein, wurden seine Augenlider schwer und sie fielen langsam zu, sodass er auf der Stelle, für eine kurze Zeit, weggenickt war.

Kaum befand er sich im Schlummerland, da erschien ihm ganz plötzlich das Antlitz des Teufels, der folgendes, mit seiner düs-

teren und tiefen Stimme, zu ihm sprach:
>>*Barlas Aykan...Heute Nacht werde ich dich holen kommen. Sei also bereit und warte auf meine Ankunft!*<<
Ohne aufzuwachen sprach Barlas, während er weiter träumte, mit dem Teufel:
>>*Was genau meinst du? Wieso heute Nacht? Was findet heute Nacht statt?*<<
>>*Das erfährst du noch früh genug mein Junge. Mach dir darüber keine Gedanken!*<<
Antwortete ihm der Teufel und verschwand genau so plötzlich wie er aufgetaucht war.

Mit seinem Verschwinden, wachte Barlas auf und sah seine Mutter mit einem Tablett auf dem sich zwei kleine Tassen mit türkischer Kaffee darin befanden gerade das Wohnzimmer betreten. Langsam und leicht verschlafen richtete er sich auf und nahm eine Tasse, die seine Mutter ihm reichte in die Hand und begann zu trinken.

Der Kaffee schmeckte genau so herrlich wie er gerochen hatte.

Esra setzte sich genau gegenüber auf das Sofa und schlürfte ebenfalls mit angespitzten Lippen an ihrem brühenden Kaffee.

Auf dem Tablett befand sich noch eine kleine Schüssel, passend zu dem Tablett und den Tassen, in der sich jeweils ein Lokum, also Türkischer Honig, für jeden von ihnen befanden.

Zudem standen noch zwei kleine Gläser mit Wasser darin drauf, die einem Schnapsglas ähnelten, jedoch speziell für den türkischen Kaffee hergestellt worden waren.

Während sie ihren Kaffee genossen, unterhielten sich die beiden ein wenig über ihren Arbeitstag und Esra erzählte ihm folgendes:

>>*Also, heute in der Praxis war wirklich sehr viel los. Wir hatten viele Termine und kamen kaum zum Verschnaufen. Ich musste sogar dem Zahnarzt ständig den Schweiß von seiner*

Stirn abwischen. Ich kam mir vor wie in einem Operationssaal. Es war sehr stressig.<<

Sie lächelte ein wenig dabei, schlürfte weiter an ihrem Kaffee und fragte anschließend Barlas nach seinem Arbeitstag:

>>Und? Wie war's bei dir in der Arbeit so? Ich hoffe, nicht so stressig wie bei mir?<<

Barlas blickte zur Decke hinauf und dachte für einen Moment nach, bevor er seiner Mutter antwortete. Dann sah er sie an, schüttelte leicht mit dem Kopf und sagte:

>>Nein...Eigentlich nicht. War zum Glück ganz ruhig, so wie sonst auch immer.<<

Auch er machte einen weiteren Schluck von seinem türkischen Kaffee, nachdem er fertig gesprochen hatte.

Esra lächelte umso mehr und brachte zugleich dadurch ihre Erleichterung zum Ausdruck und sagte, nachdem sie einen weiteren Schluck machte:

>>Oh, das ist schön! So soll es sein. Denn ich mache mir immer Sorgen um dich, weil du ja eben in der Sicherheitsbranche bist und dadurch dir etwas zustoßen könnte. Es laufen nämlich viele Verrückte Menschen herum.<<

Sie hielt ein wenig inne und beendete danach ihren Satz:

>>Ich weiß, dass du gut auf dich aufpassen kannst, weil du Karate...<<

>>MMA Mutter! Nicht Karate.<<

Unterbrach Barlas sie mit einem verzogenem Lächeln, woraufhin sie leicht verlegen weitersprach:

>>...O ja, ich meine ja auch MMA...kannst, aber dennoch mache ich mir sorgen. Ich bin schließlich ja auch deine Mutter und ich möchte nicht, dass dir etwas zustößt. Du bist alles was ich habe Liebling.<<

Sie trank erneut einen weiteren Schluck von ihrem Kaffee.

Barlas' Blicke wurden etwas ernster und er senkte seinen Kopf und starrte auf den Fußboden mit dem orientalischen Teppich drauf. Nach wenigen Sekunden des Schweigens, erhob er seinen Kopf und sagte mit einer beruhigenden Stimme zu seiner Mutter folgendes:

>>*Mach dir keine Sorgen Mutter! Mir passiert schon nichts. Ich achte auf mich.*<<

Er warf ihr ein herzerwärmendes Lächeln zu.

Sie erwiderte sein Lächeln, setzte ihre leere Tasse auf das Tablett ab und griff nach dem Lokum, das sie genüsslich hinunter geschlungen hatte.

Nachdem Barlas mit seinem Kaffee ebenfalls fertig gewesen war, griff auch er nach seinem Lokum und leckte sich, nachdem er es gegessen hatte, den Staubzucker von seinen Fingern ab.

Es war bereits am Abend als sich Barlas in sein Zimmer zurückgezogen hatte und über die letzte Nacht nachdachte während er die Zimmerdecke anstarrte. Seine beiden Hände hatte er unter sein Kopf gelegt und die Beine übereinander gelegt.

Er hatte nicht gerade ein Gesichtsausdruck, der aussagte, dass er seine Taten bereute oder dadurch ein schlechtes Gewissen hatte. Es war ganz im Gegenteil. Er wirkte sehr gelassen und unbekümmert. Und er wusste gar nicht, ob es daran gelegen hatte, dass er dachte, dass die beiden Männer den Tod verdient hätten oder ob es doch daran gelegen hatte, dass er jetzt zur Hälfte ein dämonisches und bösartiges Wesen gewesen war. Und um ganz ehrlich zu sein, es war ihm vollkommen egal, woran es gelegen hatte. Denn Barlas fühlte sich ganz gut im Moment.

Er musste erneut an den Zeitungsartikel denken, das über den Tod von seinem Ex-Trainer und über seinem tragischen und grauenhaften Tod berichtet hatte. Er musste daran denken, ob die Polizei beziehungsweise die Forensik irgendwie dahinter kommen würde, dass er dahinter steckte, doch dann wurde ihm ganz schnell wieder klar, dass er in seiner dämonischen Gestalt keinerlei Fingerabdrücke, DNA Spuren oder sonstiges hinterlassen konnte, wodurch sie die Spuren bis zu ihm zurückverfolgen könnten. Das beruhigte ihn umso mehr.

Über das Verschwinden von Luuk wurde noch nichts berichtet. Zumindest nicht in den Nachrichten oder Zeitungen.

Er hatte lediglich, während seiner Mittagspause, in einem der Sozialen Netzwerke, die er regelmäßig verwendete, eine Vermisstenanzeige von Luuk gesehen. Obwohl er bereits mit dem Iron Fist Gym komplett abgeschlossen hatte, war er immer noch Mitglied der Gruppe, die für die Teilnehmerinnen und Teilnehmer erstellt worden war. Seine Familie hatte darin mitgeteilt, dass Luuk seit letzter Nacht nicht nach Hause gekommen und, dass er telefonisch auch nicht erreichbar war.

Die genaue Anzeige lautete wie folgt,

ذِ تَ زِرثِنَط طَلنتُّ صُّعَتُ جظشججظ غ صُوُّفَ د صُوُّصَ ذَموفُوصَ شُّصوفصُ ذَ خضُصَ تحمَ صحططحَ طططشَ ذِرحضَ
خُّتَ ذِ ط عَ بطبَ, عجَ جحَمجَذِ!
لب بنحجَ ژُ شططخَ غخَ خُّجحَ!

Als er sich wieder daran erinnert hatte, dachte Barlas genau dasselbe, was er gedacht hatte, als er die Meldung zum ersten Mal gelesen hatte -*Ihr könnt noch ewig nach ihm suchen!*- Und setzte ein leichtes, aber teuflisches Lächeln auf.

Doch sein boshaftes Lächeln verschwand wieder ganz schnell, als ihm gerade eingefallen war, dass der Teufel ihm in seinem Traum erschienen war, als er gerade für einen Augenblick eingenickt gewesen war.

Sein Gesichtsausdruck wurde dabei wieder ganz ernst und er richtete sich auf. An der Bettkante sitzend, starrte er auf den Boden und rieb sich langsam seine Hände aneinander.

Er musste daran denken, was der Teufel wohl von ihm wollen würde? Was meinte er mit als er sagte „Heute Nacht werde ich dich holen kommen. Sei also bereit und warte auf meine Ankunft!"?

Barlas stand auf und ging nachdenklich in seinem Zimmer langsam auf und ab. Er hatte zwar keine Angst, aber er war doch leicht nervös. Nervös, weil er nicht wusste, was der Teufel nun mit ihm vorhatte. Ging es vielleicht wieder um diesen Peiniger und darum, dass Barlas den Teufel vor ihm schützen sollte? Oder ging es vielleicht doch um etwas anderes?

Barlas kannte die Antwort noch nicht, aber er sollte sie in dieser Nacht erfahren.

Und um sich die Zeit bis dahin totzuschlagen, schaltete er sein neues Fernsehgerät ein und spielte sein Lieblingsspiel auf der Sony PlayStation. Mortal Kombat.

Kaum hatte er das Videospiel aufgedreht und schon ging es los mit all den brutalen Knochen- und Schädelbrüchen.

So verflog die Zeit dahin, während Barlas einen Gegner nachdem anderen durch „Fatality" ins Jenseits beförderte.
Er bekam gar nicht mit, wie spät es bereits geworden war und
seit wie vielen Stunden er bereits am Zocken war.
Und er dachte noch lange nicht daran aufzuhören. Doch zu seinem Bedauern, war nun die Zeit gekommen, auf die er gewar-
tet hatte.
Noch während er am Spielen war, verzerrte sich das Bild am
Fernsehgerät schon wieder und gab dabei ein richtig nervtö-
tendes Geräusch von sich, der dafür sorgte, dass Barlas seine
beiden Schultern hochgeschoben und sein Kopf zwischen sie
gesteckt hatte. Wie eine Schildkröte, die Angst vor einem potenziellen Feind hat und Schutz in ihrem sicheren Panzer sucht.
Doch zu seinem Glück hielt das nicht lange an und hörte nach
nur wenigen Sekunden wieder auf. Das Fernsehgerät zeigte das
Bild wieder ohne jegliche Störungen an, während das Spiel darin vollkommen in Ordnung weiterlief.
Als er gerade dabei war erleichtert aufzuatmen, hörte er diese
vertraute, aber tiefe und dunkle Stimme in seinem Kopf, die
ihm folgendes, nahezu flüsternd, zurief:
>>*Es ist soweit!*<<
Barlas blickte sich in seinem Zimmer um, während er vor dem
Fernsehgerät saß und den Controller in seinen Händen hielt,
und versuchte herauszufinden, woher genau diese grässliche
Stimme gekommen war. Doch er sah den Teufel nicht.
Dann meldete sich die Stimme des Teufels wieder. Diesmal
ohne zu flüstern:
>>*Halt dich fest Barlas! Denn jetzt geht es ab nach unten.*<<
Kaum hatte der Teufel den Satz zu Ende gebracht, erschien,
mitten im Zimmer von Barlas, eine Art Höllentor beziehungsweise ein Portal, das orange-rot glühte, direkt unter ihm und
sog ihn auf der Stelle nach unten.

Kaum hatte das Portal Barlas verschlungen, schloss es sich ganz schnell wieder. Noch im letzten Augenblick schaffte es Barlas den Controller aus seinen Händen wegzuwerfen.

Mit rasender Geschwindigkeit fiel er durch das Portal immer und immer tiefer. Barlas schrie dabei zwar nicht, aber er hatte eindeutig Angst in seinem Gesichtsausdruck während er dabei ganz fest die Zähne zusammengebissen hatte.

Wuchtig knallte er auf den heißen Höllenboden, sodass sämtliche Gliedmaßen von ihm gebrochen waren und er für einige Sekunden, ganz entstellt, da lag ohne sich zu bewegen. Auch seine Nase war dabei ganz mies gebrochen gewesen, sowie sein Unterkiefer ebenfalls, der sogar ganz weit geöffnet und locker hing und lediglich von seiner Haut gehalten wurde.

Dann öffnete er blitzartig seine Augen und richtete sich langsam wieder auf. Dabei rückten seine gebrochenen und entstellten Knochen, mit unangenehmen Geräuschen, während sie sich wieder eingliederten, wieder an ihre rechtmäßigen Plätze zurück. Und schon war er ganz wieder er selbst gewesen.

Er sah sich ein wenig um und konnte nichts als eine weite und tiefe Leere rund um sich herum sehen. Der Ort an dem er sich nun befand war teilweise schwarz und teilweise rötlich-orange gewesen.

Als er sich gerade selbst die Frage zuflüsterte, wo er sich denn nur befand, erschien der Teufel in seiner menschlichen Form vor ihm. Wie sonst immer auch, sah er auch jetzt wie ein dreihundert Jähriger alter Mann mit Buckel aus, der vollkommen in Schwarz eingehüllt gewesen war. Und wieder stützte er sich auf seinem Gehstock ab auf dem sich ein menschlicher Schädel in Miniaturform, aber kein echter, mit Hörnern und tiefrot leuchtenden Augen befand.

Er stand einfach so da und beobachtete den leicht verwunderten und immer noch vom tiefen Fall benommenen jungen

Mann an und sagte anschließend mit seiner dunklen und tiefen Stimme:

>>*Nun komm! Ich habe dir so einiges zu erzählen.*<<

Er drehte sich um und ging mit langsamen Schritten vor. Barlas fiel auf, dass diesmal kein kalter Nebel aus seinem Mund entschwunden war, während er geredet hatte und auch keine Funken unter dem Boden seines Gehstock sprühten. Er dachte sich, dass dies womöglich nur dann geschah, wenn sich der Teufel auf der Erde befand. In der Hölle wirkte das alles wie gewöhnlich.

>>*Nun komm endlich!*<<

Rief der Teufel ihm streng zu und Barlas hörte auf der Stelle zu denken auf und ging mit schnellen Schritten ihm hinterher.

Als er ihn endlich eingeholt hatte, passte er seinen Gang an den des Teufels an und ging direkt neben ihm mit.

Ohne weiter Zeit zu verlieren, begann der Teufel auch schon Barlas gegenüber sein Anliegen darüber, wieso er ihn in dieser Nacht in die Hölle geholt hatte, zu äußern:

>>*Wir sind jetzt auf dem Weg zu meinem Anwesen. Ich wollte bis dahin mit dir einen Spaziergang unternehmen und dir dabei so einiges erzählen.*<<

Barlas schwieg und hörte aufmerksam zu, während der Teufel mit seiner dunklen und tiefen Stimme weitersprach:

>>*Wie du ja mittlerweile schon weißt, habe ich sehr ernstzunehmende Feinde...Besser gesagt einen einzigen Feind, der mir tatsächlich bedrohlich sein kann. Und ich habe ihn auch noch erschaffen. Wenn ich gewusst hätte, dass er sich eines Tages mir widersetzen und versuchen würde mich von meinem Thron zu stoßen, dann hätte ich ihm sofort die Höchststrafe in der Hölle auferlegt...Wo wir doch gerade eben von Bestrafungen sprechen. Komm mal mit! Ich möchte dir etwas zeigen.*<<

Auf ihrem Weg zum Anwesen des Teufels, kamen sie an vielen großen Toren vorbei, hinter denen sich massenhaft unreine Seelen befanden, die alle zu ihren Lebzeiten diverse Verbrechen ausübten oder schwer gesündigt hatten. Der Teufel bewegte sich zu einem dieser Tore zu und Barlas folgte ihm ganz gespannt dicht hinterher, während er sich die Frage im Kopf stellte, was der Teufel ihm wohl zeigen beziehungsweise offenbaren würde.

Als sie vor dem großen Tor, das pechschwarz und mit einem sehr seltsam verzierten Rahmen umrandet war, das Barlas zu nichts einordnen konnte, standen, klopfte der Teufel einmal ganz stark und laut mit dem Miniaturschädel seines Gehstocks. Es klang so, als wäre ein Meteorit auf die Erde gestürzt fand Barlas, während er leicht verschreckt mit den Schultern zuckte. Nach nur wenigen Sekunden öffnete sich das schwere Tor in einer langsamen Bewegung und gab dadurch, schon bereits nachdem ein ganz schmaler Spalt zwischen den Torflügeln entstanden war, ein schreckliches und unerträglich lautes Geschrei frei, als würden hunderte von Menschen ganz brutal niedergemetzelt werden. Nachdem sich die Torflügel komplett geöffnet und einen viel besseren Einblick dahinter gegeben hatten, wurde die Annahme von Barlas auch bestätigt. Im Normalfall wäre er mit Sicherheit an Ort und Stelle Tod umgefallen, aber er war ja nun zur Hälfte ein Dämon, weswegen diese dunkle Seite in ihm dafür sorgte, dass er dagegen Stand halten konnte.

Doch schrecklich mitanzusehen war es dennoch.

Als er einen genaueren Blick hinein geworfen hatte, wurde ihm klar, dass sich überhaupt kein Raum oder ein Saal, sowie er das zunächst vermutet hatte, hinter dem großen und schweren Tor befand, sondern stattdessen eine Art riesige Höhle sich dahinter verbarg.

Und in dieser großen, weiten, dunklen und sehr schwülen Höhle hangen hunderte oder gar tausende von dicken Ketten in der Luft herum, die von soweit oben bis zu ihnen hinunterlangten, sodass Barlas, als er hinauf gesehen hatte, nicht sehen konnte, wo die Ketten endeten. Die Ketten gaben ihm den Eindruck, als ob sie nirgendwo, sondern einfach frei in der Luft hängen würden. Ihr zweites Ende konnte man mit bloßen Augen nicht sehen.

Die Höhlendecke schien sich dadurch endlos in die Höhe zu strecken. Nichts als die Dunkelheit, aus der einfach so die Ketten hinunterbaumelten.

Das mochte vielleicht faszinierend sein, aber die Tatsache, was an diesen Ketten gefesselt war, war umso schrecklicher.

Unzählige nackte Menschen, sowohl Männer als auch Frauen, in deren Rücken sich die dicken und schweren Ketten hineingebohrt hatten und sie etwa einen Meter über dem Boden in der Luft hielten.

Sie schrien alle ununterbrochen und sahen vollkommen verendet und erschöpft aus. Sie waren absolut nicht in der Lage gewesen sich zu verteidigen oder sonst etwas zu unternehmen um sich von den Ketten zu befreien.

Aber ihre Schreie, ihre übermächtigen Schreie klangen ganz und gar nicht erschöpft.

Barlas sah auch, dass jeweils eine furchteinflößende und hässliche Gestalt sich direkt vor diesen Menschen befand.

Sie sahen sich alle exakt ähnlich aus. Alle hatten die selbe Größe und alle hatten die selbe Farbe und das selbe Gesicht.

Sie waren gute zwei Meter Groß und hatten eine grün-braune Hautfarbe. Ihre Gesichter und ihre Körper wirkten schmal, als hätten sie monatelang nichts zu essen bekommen. Sie hatten eine sehr spitze und lange Nase. Ihre Zähne waren sehr scharf und ihre Augen waren zur Hälfte aus ihren Höhlen herausgeragt gewesen. Sie hatten keine Pupillen. Nur zwei grau-weiße, milchige Glubschaugen. Und sie aßen alle, die an den Ketten hängenden Menschen auf.

Barlas war entsetzt über diesen schrecklichen Anblick gewesen und konnte nicht länger hinsehen. Er fragte den Teufel mit einer ruhigen Stimme, die jedoch leicht enttäuscht klang:

>>*Warum zeigst du mir das?*<<

Der Teufel erkannte, dass Barlas diesen grauenhaften Anblick nicht ertragen konnte und antwortete ihm mit einer fast verhöhnenden Stimme und setzte sich einen frechen Grinser dabei auf. Es war offensichtlich, dass er es genoss:

>>*Ich dachte mir, wenn du schon die Hölle besuchen kommst, führe ich dich ein wenig herum und zeige dir wie es hier bei uns tatsächlich aussieht.*<<

Barlas schwieg und sah den Teufel mit ernsten Blicken an, während dieser weitersprach:

>>*Du fragst dich vielleicht was es mit diesen unreinen Seelen hier auf sich hat. Nun ja, das sind alles Sünder gewesen, die zu ihren Lebzeiten auf der Erde schwere Alkoholiker gewesen waren und durch Alkoholmissbrauch den Tod gefunden haben. Manche von ihnen haben sogar andere dazu angestiftet Alkoholiker zu werden und wurden für deren Tod mitschuldig...Und nun werden sie hier von Al-Kuhl, dem Leibfressenden Geist, für ihre Sünden und Verbrechen bestraft. Al-Kuhl isst sie auf, sie regenerieren sich erneut komplett und werden anschließend wieder von Al-Kuhl verspeist. Das geht ewig so weiter mit diesen Sündern.*<<

Barlas schwieg weiterhin und hörte dem Teufel aufmerksam zu:

>>*Du solltest mal sehen, wie es denjenigen geht, die ihr ganzes Leben lang nur gelogen und betrogen haben. Die hängen nämlich die ganze Zeit über an ihren Zungen gekettet in der Luft.*

Und zwar solange bis ihre Zungen abreißen und der Rest von ihnen direkt in den großen Kessel mit kochend heißem Wasser hineinfällt.<<

Der Teufel streckte sein Gehstock in die Luft und das Tor schloss sich wieder langsam zu. Nachdem das Tor sich komplett wieder geschlossen hatte, hörte im selben Moment das laute und unerträgliche Geschrei ebenfalls auf und es wurde ganz still. Barlas war froh darüber, dass er all die unreinen Seelen nicht mehr schreien hören musste.

>>Komm! Lass uns weitergehen!<<

Sagte der Teufel und bevor er ihm weiter folgte, wollte Barlas noch etwas loswerden:

>>Ich komme nur mit, wenn ich keiner weiteren Seele dabei zusehen muss, wie sie bestraft wird.<<

Der Teufel lächelte ganz fies, während er gleichzeitig Barlas beobachtete.

>>Was ist? Hast du etwa Angst Kleiner?<<

Wollte der Teufel von Barlas wissen, der ihm sofort eine Antwort auf seine Frage gab:

>>Nein, ich habe keine Angst. Ich finde es nur nicht in Ordnung. Das ist alles.<<

Der Teufel lächelte weiterhin und sagte:

>>Na wenn du meinst...Doch keine Sorge, ich hatte nicht vor dir noch mehr zu zeigen. Die Hölle besteht aus mehreren Ebenen, aus sieben um genau zu sein, und ich habe nicht vor dich überall herumzuführen. Das ist auch eigentlich die Aufgabe von Malik. Wir haben viel wichtigeres vor,...du und ich.<<

Barlas nickte ihm erleichtert und verständnisvoll zu und zeigte keinerlei Interesse daran zu fragen, wer Malik überhaupt ist. Dazu war er im Moment geistig nicht besonders in der Lage gewesen. Alles was er wollte war, die Sache so schnell wie möglich hinter sich zu bringen.

>>*Doch eines möchte ich dir dennoch nicht vorenthalten.*<<
Sagte der Teufel hinterher und Barlas erhob besorgt sein Kopf
und sah in seine Augen mit Blicken, die sagen würden, wenn
sie sprechen könnten, -*Was kommt denn jetzt noch?*-
Frech grinsend sagte der Teufel:
>>*Nun sieh mich nicht so an mein lieber Barlas! Du kannst
beruhigt sein. Ich möchte dir lediglich etwas erzählen.*<<
Barlas schwieg und traute sich kaum zu fragen, was der Teufel
ihm erzählen wollte.
>>*Es mag für dich vielleicht nicht besonders glaubwürdig klin-
gen, aber ich bin gar nicht so Boshaft wie ihr Menschen
denkt.*<<
-*Jetzt übertreibt er aber gewaltig*-, dachte sich Barlas, behielt
jedoch seine Meinung lieber für sich.
>>*Das ist wahr...*<<
Sprach der Teufel weiter und ergänzte folgendes dazu:
>>*...Gut, ich gebe es zu. Es mag zwar stimmen, dass ich euch
stets in das Dunkle hineinführe und euch zu bösen Taten ver-
führe, aber wie ihr das macht, überlasse ich ganz und gar euch
Menschen. Denn ihr seid diejenigen, die an all diese schlim-
men und bösen Taten denken und wenn ich mal davon Wind
bekomme, dann schreite ich sofort voran und rede es euch solange ein bis ihr es dann auch wirklich tut. Meistens klappt das
ganz gut, da viele Menschen einen sehr schwachen Willen haben. Und wenn ich mal nicht persönlich erscheinen kann, dann
sende ich eines meiner Diener und verlange von ihnen, dass sie
sich darum kümmern. Die haben zwar nicht so viel Einfluss auf
euch wie ich, aber hin und wieder funktioniert es dann doch
ganz gut und es dauert nicht lange, dann landen sie alle hier
bei mir in der Hölle. Al-Kuhl, den du gerade eben bei seiner
Arbeit beobachtet hast, ist einer von meinen wenigen Dienern,
die stark genug sind Menschen, in seinem Fall mit Alkohol, zu*

verführen. Doch wie ich bereits erwähnt hatte, lässt deine Spe-
zies sich viel kreativere Methoden ein um die Menschheit zu
bösen Taten zu verleiten. Ja, es ist in der Tat so. Es gibt einige
unter euch, deren Methoden sogar mich erschrecken und nei-
disch werden lassen. Diese Menschen setzen alles drauf und
dran um euch zu ihren Sklaven zu machen ohne, dass ihr auch
nur die leiseste Ahnung davon habt. Dann gibt es noch die, die
das Böses tun und auch noch Spaß dabei empfinden. Das sind
meine absolute Lieblinge. Sie morden und töten aus Spaß. Sie
foltern, weil es ihnen gut tut. Sie fügen anderen und manche
sogar auch sich selbst Schmerzen zu, weil das ihnen gut tut
und sie hinterher richtig entspannen können. Sie verbreiten das
Böse wo es nur geht. Als ich Anfangs damit anfing, hätte ich
mir niemals erträumen können, wohin das alles führen würde.
Ich denke, ich werde am Ende doch noch als Sieger hervor-
gehen.<<
Der Teufel lächelte dabei bis über beide Ohren, während Barlas
gar nicht begriffen hatte, wovon er da überhaupt geredet hatte.
-Wieso Sieger? Von welchem Sieg schwafelt dieser Psychopath
denn überhaupt?- waren seine Gedanken. Und während er
weiter rätselte, fuhr der Teufel mit seinem Vortrag weiter, während sie beide mit langsamen Schritten immer weitergingen:
>>Ich habe zum Beispiel sehr große Fans da oben bei euch.
Sie übertreiben es zwar ein wenig für mein Geschmack, aber
schmeichelhaft ist es dennoch allemal. Niemals, weder damals
noch jetzt, hatte ich ihnen gesagt, dass sie manche Menschen,
vor allem Kinder und Babies, für mich opfern sollen, aber sie
tun es. Immer und immer wieder und sie allein kamen auf diese
sonderbare Idee.<<
An dieser Stelle verzog Barlas angeekelt sein Gesicht, ging jedoch weiter schweigend neben dem Teufel her.
>>O ja, die verehren mich als ihren Gott.<<

Fügte der Teufel hinzu und sprach weiter:

>>Tja, sie denken, dass sie dadurch an noch mehr Macht kommen würden. Dass ich sie mit noch mehr Macht, Ruhm und Geld ausstatten würde. Doch in Wahrheit sind sie mir alle egal. Denn ich allein suche mir aus, wem ich zu mehr Macht verhelfe. Ich lasse niemanden für mich aussuchen. Ich allein entscheide das.<<

An dieser Stelle blieb er kurz stehen, beugte sich leicht zu Barlas und warf ihm ernste Blicke zu, während er dabei folgendes sagte:

>>Genau so wie ich mich für dich entschieden habe.<<

Danach setzte er seinen Gang fort und sprach im Gehen weiter:

>>Ja, ja mein lieber Barlas, die Menschen sind schon sehr naive und erbärmliche Geschöpfe. Sie wollen immer und immer mehr Macht haben. Sie sind sehr gierig und bekommen einfach nicht genug. Sie lechzen förmlich danach und tun alles um das zu bekommen, was sie möchten. Selbst wenn sie dabei unschuldige Menschenleben auslöschen müssten. Die Menschen tun das. Sie haben wohl wirklich alle vergessen, wer sie tatsächlich erschaffen hat...Naja, am Ende fällt all das zu meinen Gunsten und ich allein profitiere davon. Und ich werde nicht aufhören bis ich sämtliche Menschen dazu gebracht habe schreckliches zu tun und zu sündigen, wo ich nur kann. Abgesehen davon gibt es genug, die gerne ihre Seelen, für meist total schwachsinnige Wünsche, verkaufen würden. Eine Seele, die nicht einmal ihnen gehört. Sehr traurig würde ich meinen, wenn es mir nicht vollkommen egal wäre.<<

Genau an dieser Stelle unterbrach Barlas sein Schweigen und wollte folgendes wissen:

>>Was ist mit mir?<<

Ohne stehenzubleiben und ihn anzusehen fragte der Teufel:

>>Was soll mit dir sein?<<

>>*Ich habe dir auch meine Seele verkauft. Was passiert also jetzt mit mir? Hast du mich etwa auch reingelegt, damit du an meine Seele herankommen kannst?*<<

Wollte Barlas wissen.

Der Teufel antwortete nicht und ging einfach schweigend weiter. Barlas wurde wütend, blieb stehen und nahm auf der Stelle seine dämonische Form an und war bereit sich auf ein Kampf mit dem Teufel persönlich einzulassen.

Als der Teufel die Verwandlung mitbekommen und seine hitzige Wut gespürt hatte, blieb er stehen und antwortete ohne ihn anzublicken:

>>*Nein, mein lieber Barlas. Bei dir ist es etwas anderes.*<<

Danach drehte er sich zu Barlas um, starrte ihm tief in seine glühenden Augen und sagte:

>>*In deinem Fall war ich zu dir gekommen und bat dich um Hilfe. Sonst rufen mich diejenigen, die sich auf ein Geschäft mit mir einlassen möchten. Du hast nicht nach mir gerufen. Ich kam von ganz alleine zu dir. Deswegen ist es in deinem Fall etwas vollkommen anderes. Wie ich es dir bei unserer Begegnung bereits versprochen hatte, werde ich dich davon erlösen, sobald du deine Dienste zur Gänze abgeleistet und mir diesen Peiniger und seine Gefolgschaft vom Hals abgeschafft hast. Dann gehen wir zwei, mein lieber Junge, vollkommen getrennte Wege. Das verspreche ich dir.*<<

Es war zwar ganz offensichtlich, dass der Teufel erneut gelogen hatte und, dass er Barlas nur täuschte. Denn der Teufel würde niemals freiwillig eine erworbene Seele wieder frei geben, aber Barlas kam nicht dahinter und ihm blieb nichts anderes übrig als den Worten des Teufel zu vertrauen.

Also beruhigte er sich wieder und verwandelte sich langsam wieder zurück.

Der Teufel grinste ihn an und sagte nahezu im Flüsterton:

>>Du bist mein Champion.<<
Danach wandte er seine Blicke von Barlas ab und sagte,
während er seinen Gang fortsetzte:
>>So, da wären wir.<<
Barlas blickte nach vorne und sah ein weiteres, viel größeres
Tor vor sich. Der Teufel sprach über seine Schulter zu Barlas:
*>>Dies ist das Tor, das uns zur Ebene 7 und damit zu meinem
Anwesen bringen wird.<<*
Barlas sah schweigend zu. Mit einem kleinen Stoß seines Geh-
stocks drückte der Teufel das Tor nach hinten auf und Barlas
blickte in nichts anderes als ein total finsteres Loch, das sich
vor ihm entblößt hatte.
Es wirkte wie ein Portal fand er und wusste nicht was genau
sich dahinter im Verborgenen aufhielt.
>>Nun denn...<<
Sagte der Teufel und sprach weiter:
*>>...Folge mir nun zu meinem Anwesen und somit der unters-
ten Stufe der Hölle.<<*
Sofort nachdem er seinen Satz beendet hatte, ging er durch das
Tor durch und verschwand sofort in der Dunkelheit. Barlas
zögerte einen Moment lang, doch dann trat auch er durch das
Tor hindurch und verschwand ebenso im finsteren Nichts.
Sobald er hindurch gegangen war, schloss das Tor sich hinter
den beiden von alleine wieder zu.

KAPITEL 9

DAS WIEDERSEHEN

Zwei lange und sehr schmale Flüsse aus denen etwa zwei Meter hohe Flammen empor stiegen, streckten sich jeweils links und rechts von einem Ende bis zum anderen entlang.

Der sich darin befindende Magma brodelte unaufhörlich, während die verschieden großen Blasen, die dadurch entstanden, aufplatzten wie eine Packung Popcorn in der Mikrowelle.

Der Boden auf dem Barlas stand, war mit aneinander und aufeinander gereihten Kacheln versehen, von denen jeder einzelne aussah wie ein Pentagramm. Sie umhüllten den gesamten Thronsaal des Teufels und reichten bis hin zu seinem breiten und hohen Podest mit sechs Stufen auf dem sein großer und sehr edler Thron platziert worden war.

Die Wände waren dunkelviolett und die hohe Decke über ihm, die nicht gerade, sondern vielmehr kuppelartig wirkte, war so dunkel und finster, sodass Barlas dachte, dass jeden Moment ein Ungeheuer aus ihr herauskriechen würde. Ähnlich wie die Folterkammer, zu der der Teufel ihm erst vor Kurzem einen Einblick gewährt hatte. Mit dem einzigen Unterschied, dass keine dicken Stahlketten aus ihr hinunter ragten.

Schon allein der Anblick darauf, erzeugte bei einem ein sehr unangenehmes und schauriges Gefühl.

Der mächtige Thron, der sich ganz am Ende dieser großen und weiten Halle befand, war etwa fünf Meter hoch und zwei Meter breit. Er bestand teilweise aus Gold und teilweise aus Silber.

Beide Armlehnen waren silber und skulptiert wie zwei geflügelte und gehörnte Dämonen mit sehr spitzen Fangzähnen und aggressiven Blicken. Aus ihren Mündern ragten dünne, spitze und blutrote Zungen hinaus, die sich fast bis zum Boden hinunter streckten. Dadurch, dass sie so glänzten, dürfte es nicht um richtiges Blut, sondern um ein spezielles Edelmetall aus der Hölle handeln.

Durch die sich darin befindendes Lava, wirkten ihre Augen sehr lebendig und es schien fast so, als ob sie Barlas beobachten würden.

Genau zwischen ihren Flügeln, hatte der Teufel genug Platz um seine Arme auf ihren Rücken entspannt ruhen zu lassen.

Nur waren die beiden Armlehnen weit von einander entfernt, sodass der Teufel gar nicht mit seinen Armen an sie reichen konnte, dachte sich Barlas, als er dessen Thron mit voller Begeisterung anmusterte.

Das lag daran, dass der Thron für die wahre Gestalt des Teufels angefertigt worden war und nicht für seine menschliche Gestalt mit der Barlas ihn kennengelernt hatte.

Seine wahre Gestalt hatte Barlas bis dahin noch nicht zu sehen bekommen, aber das sollte sich schon bald ändern.

Im Moment bewunderte er noch diesen enormen Thron und ihm fiel bei näherer Beobachtung auf, dass in die Innenfläche der Lehne, eine Inschrift in derselben Schrift beziehungsweise Sprache eingraviert worden war, die er bereits zuvor auf seinem Vertag gesehen hatte, jedoch nicht lesen konnte.

Diese Schriftzeichen hatte er sonst nirgendwo gesehen und konnte sie daher nicht entschlüsseln. Er hatte den Eindruck, dass er vor den Hieroglyphen in Ägypten stehen würde. Eine vollkommen fremde Sprache für ihn.

>>*Das ist die Sprache, mit der wir hier in der Hölle miteinander kommunizieren.*<<

Sprach der Teufel mit seiner dunklen und tiefen Stimme, während er direkt neben dem verblüfften Barlas stand.

>>*In deiner Dämonengestalt, kannst du sie ebenfalls lesen.*<<

Sagte er noch weiter.

Mit fragenden Blicken sah Barlas ihn an. Der Teufel erwiderte seine Blicke und hob dabei eine Augenbraue hoch, als würde er ihm damit etwas andeuten wollen. Barlas wurde schnell klar, dass dies die Aufforderung dazu war, sich zu verwandeln und die Inschrift zu lesen.

Und schon verwandelte er sich auf der Stelle in den Dämon, dem er den Namen Champ gegeben hatte und fing an die Inschrift zu lesen.

Es war folgendes in Großbuchstaben eingraviert,

WER AUCH IMMER DEN RECHTMÄSSIGEN HERRSCHER

ÜBER DIESEN THRON UND DER HÖLLE VERNICHTET

ODER AUF EINE EHRLICHE WEISE IM KAMPF BESIEGT,

ZUDEM ER IHN AUFGEFORDERT HAT, MÖGE DER NEUE

HERRSCHER DARÜBER WERDEN UND ÜBER DIE HÖLLE

REGIEREN. MIT DEM AUSSPRECHEN DER WORTE

-DEIN ALTER HERRSCHER WURDE BESIEGT, SO NEHME

MICH ALS DEINEN NEUEN HERRSCHER UND VERLEIHE

MIR DIE MACHT ÜBER DICH UND DEN SIEBEN EBENEN

DER HÖLLE-

Nachdem Champ die Inschrift fertig gelesen hatte, wusste er nun worum es hierbei ging. Er wandte seine Blicke dem Teufel zu, der ihm folgendes dazu sagte:

>>*Nachdem diese Worte ausgesprochen worden sind, muss sich der neue Herrscher nur noch auf seinen neuen und rechtmäßigen Thron setzen. Sobald er dies getan hat, wird ihm der*

Thron die gesamte Macht, die nötig ist um über die Hölle zu regieren und alle Wesen darin zu kontrollieren, verleihen und ihn dadurch anerkennen. Denn wenn sich jemand, ohne die Worte laut auszusprechen, hinsetzen sollte, wird vom Thron abgestoßen werden. Solange bis er die Worte laut vorliest. Und wenn es jemand wagen sollte sich hinzusetzen, ohne mich vorher herausgefordert und besiegt zu haben, wird umgehend von ihr vernichtet werden. Ich habe diese Inschrift mit meiner eigenen Kralle...<<

Er hob dabei seinen rechten Zeigefinger hoch.

>>..eingraviert und den Schwur darauf abgelegt. Quasi als eine kleine Absicherung, damit mich keiner vom Thron verjagen oder mich hintergehen kann.<<

Champ verstand das alles und fand es sehr plausibel. Doch eine Frage beschäftigte ihn dennoch und ohne viel Gras darüber wachsen zu lassen, stellte er sie dem Teufel.

>>Wie genau werden sie vernichtet?<<

Der Teufel grinste bis über beide Ohren und sagte:

>>Ich hatte gehofft, dass du mir diese Frage stellen würdest.<<

Danach hob er sein Gehstock ein wenig an und setzte ihn mit voller Wucht wieder ab, sodass dabei ein donnernder Klang ertönte, der selbst Champ zucken ließ. Ein Dämon erschien sofort mitten im Thronsaal. Der Teufel sagte zu Champ:

>>Ich werde es dir mit dem größten Vergnügen demonstrieren. Aber tritt dabei lieber ein Stück zur Seite!<<

Warnte er Champ und gab dem Dämon mit einer Handbewegung zu verstehen, dass er sich auf den Thron setzen solle.

Der Dämon war nackt, hatte jedoch keine ersichtlichen Geschlechtsteile und wirkte sehr schleimig. Seine Haut war leicht transparent und er sah so aus, als wäre er tief im Meer gestorben und begraben worden. Seine faltige und schleimige Haut wackelte wie eine Götterspeise, während er sich langsam dem

Thron näherte. Seine Augen waren weiß wie zwei Schneebälle und genauso auch seine Haare, die ihm bis zur unteren Hälfte seines Gesäßes hinunter reichten. Als er endlich vorne am Thron angekommen war, warf er, schweigend, dem Teufel einen kurzen Blick zu, so als würde er damit sagen wollen, dass er sich lieber nicht hinsetzen möchte, weil er vielleicht wusste, was ihn dadurch erwartete. Doch der Teufel warf ihm sehr strenge Blicke zu und sagte:

>>*Nun setz dich schon hin! Das ist ein Befehl.*<<

Sofort danach setzte sich der Dämon auch schon auf den Thron und nur Sekunden später, verwandelten sich die beiden Armlehnen in richtige Dämonen und stürzten sich sofort auf den unwürdigen Dämon, der den Thron dadurch entehrt hatte und fraßen ihn auf bis nichts von ihm übrig geblieben war. Champ beobachtete das ganze Geschehen mit großer Verblüffung und sah danach zum Teufel hinüber, der den Anblick sehr zu genießen schien.

Nachdem sich die zwei geflügelten Dämonen wieder zurück zu Armlehnen verwandelt hatten, wandte sich der Teufel Champ zu und sagte:

>>*Genau das passiert mit einem unehrenhaften, der unwürdig ist den Thron zu besteigen...Meine beiden Wachhunde, wenn du es so möchtest, fressen sie auf.*<<

>>*Sie könnten doch einfach davon laufen.*<<

Warf Champ ein. Der Teufel lachte laut auf und sagte:

>>*Der Thron verhindert sie daran. Er hält sie fest und sie können dadurch weder davonrennen noch sich davon zaubern. Sie verlieren all ihre Fähigkeiten und werden somit zur Nahrung für meine beiden Thronwächter.*<<

Champ starrte ihn schweigend an.

>>*Anfangs hatte ich sie noch direkt am Thron verbrennen und zu Staub zerfallen lassen, doch dann kam ich auf die Idee mit*

den Thronwächtern. So macht es einfach viel mehr Spaß.<< Warf der Teufel noch ein und grinste Champ ganz frech zu, der sich gerade eben wieder zurück verwandelt hatte.

Während er sich mit langsamen Schritten seinem Thron näherte um darauf Platz zu nehmen, nahm der Teufel seine richtige Gestalt an. Barlas konnte währenddessen seine Blicke nicht von ihm abwenden. Er beobachtete den Teufel zum ersten Mal dabei, wie dieser seine richtige Gestalt annahm.

Er wurde plötzlich dreimal so groß und nahm eine breite und muskulöse Statur an. Ihm wuchsen zwei sehr schwere, große und spitze Hörner aus seiner Vorderstirn, die sich zu ihren spitzen Enden hin ein wenig nach hinten verdrehten und so ähnlich aussahen wie die Hörner des Miniaturschädels seines Gehstocks. Er hatte riesige Pranken mit langen Krallen, von denen jeder einzelne so groß war, wie die Finger von Barlas. Seine Augen waren vollkommen schwarz, die wie zwei Brocken Kohle aussahen. Sein Kopf ähnelte sehr stark dem eines Ochsen. Ein gewaltiger Schädel, den er auf seinem Hals sitzen hatte. Die Ohren waren ebenso wie die eines Ochsen. Sie waren groß, breit und hingen schlaff nach unten. Er hatte eine Schnauze, die der Schnauze eines Ochsen ähnelte, aber nicht so hervorstand, sondern vielmehr hineingedrückt war. Fast wie das Gesicht eines Mopses. Er hatte weder Augenbrauen noch Wimpern, wodurch sein Gesicht umso furchteinflößender wirkte. Ein sehr stark bewachsener, dicker und buschiger Bartstreifen verzog sich entlang seiner Wangen über sein Kinn und verschmolz auf beiden Seiten mit dem Haaransatz. Sowohl sein Bart als auch seine dichten und leicht gewellten Haare, die ihm bis zu seinen Schultern reichten, waren pechschwarz, jedoch schimmerten sie rötlich, wenn er sich bewegte. Sie wirkten dadurch wie ineinander verstrickte Kupferdrähte. Seine Haut hatte einen weiß-graulichen Ton, als hätte man weiße Kreide im

Wasser aufgelöst und ihn damit von oben bis unten bemalt. Seine Brust war vom dichten Brusthaar bedeckt, die, anders zu seinen Bart- und Kopfhaaren, schwarz-rot, nahezu bräunlich waren und nicht wie Kupfer schimmerten. Auf der unteren Hälfte seines Oberkörpers war kein einziges Haar gewesen, sodass sich seine straffen und durchtrainierten Bauchmuskeln so dermaßen präsentierten bei denen sogar ein Weltmeister in Bodybuilding dahinschmelzen und neidisch werden würde.

Sein gesamter Unterkörper war hingegen vollkommen, genau wie seine Brusthaare, schwarz-rot, nahezu bräunlich behaart gewesen und sah aus wie die untere Hälfte eines Steinbocks. Große und fast wie Metallplatten wirkende Hufen trugen seinen gesamten Körper. Von seinen muskulösen Schenkeln ganz zu schweigen. Am hinteren Ende seiner Wirbelsäule am Ansatz des Afters, schwang sich sein muskulöser Schweif hin und her, der dem eines Esels ähnelte und mit deutlich wenigen Haaren bekleidet gewesen war, wie sein gesamter Unterkörper. An seinem Ende befand sich eine kurze kupfern schimmernde Quaste, wie die Esel eine haben.

Barlas fand, dass er nicht allzu weit den Beschreibungen und den Vorstellungen der Menschen auf der Erde entfernt gewesen war, sondern ihnen sehr Nahe kam. Zudem stellte er auch fest, dass der Teufel keine Flügel hatte. Zumindest keine sichtbaren. Vielleicht würden sie ja, sofern er sie brauchte, ihm aus seinem strammen Rücken hervorsprießen oder so ähnlich. Darüber konnte er nur spekulieren.

Sein Gehstock hatte sich zu einer Waffe verwandelt, die ähnlich wie eine Sense aussah und halb so lang war wie er selbst. Und genau an dessen Ansatz, wo sich der Metallstab und die scharfe Klinge berührten, befand sich der Miniaturschädel mit den leuchtend roten Augen und den spitzen Hörnern. Der Stab selbst, der aus dem selben Material hergestellt worden schien, wie die langen Zungen der beiden Thronwächter, war von einer rötlich schimmernden und schmalen Schlange umwickelt gewesen, die direkt am Miniaturschädel abschloss.

Die Klinge seiner Waffe, die blutrot war, hatte nicht die typische Sichelform, sondern war vielmehr, etwa im fünfundvierzig Grad Winkel, nach oben geneigt und war an beiden Seiten, sowohl oben am Messerrücken als auch unten, Rasierklingen scharf und verlief gegen Ende spitz zu. Auch sie war aus dem selben Metall geschmiedet worden, wie die Zungen der Thronwächter und die Schlange am Stab. Sie war in etwa halb so lang, wie der Stab, aus der sie herausragte.

Damit war sich Barlas sicher, dass die Geschichte mit dem Dreizack, vollkommen der Phantasie der Menschen entsprungen war.

Als der Teufel auf seinem Thron Platz genommen hatte, füllte er ihn zur Gänze aus, sodass seine beiden Unterarme, aus deren Ellenbogen kleine und stumpfe Hörner herausgetreten waren, exakt auf den Rücken der beiden Thronwächter passten. So sah es aus, zumindest aus der Perspektive von Barlas, als hätten seine Unterarme Flügel. Seine gewaltigen Hände umklammerten, wie angegossen, die Schädel der beiden Dämonen, die im Moment als Armlehnen dienten, weil der rechtmäßige Herrscher über die Hölle darauf Platz genommen hatte.

Barlas ließ diese monströse Gestalt, die vor ihm auf dem Thron ruhte, noch ein wenig auf sich einwirken. Er war gewaltig und wirkte so, als könnte er mit nur einem Hieb, die gesamte Erde zum Einsturz bringen und sie auslöschen.

Der Teufel seufzte aus seinen bestialischen Nasenlöchern, wodurch Barlas wieder zu sich kam, und sagte mit seiner dunklen und tiefen Stimme:

>>*Sooo...Jetzt können sie kommen.*<<

Mit fragenden Blicken starrte Barlas den Teufel an und wusste

nicht was er damit wohl meinte. Doch nach nur einer kurzen Überlegung, fiel ihm wieder ein, dass er damit den Peiniger meinen musste und stellte ihm folgende Frage:
>>*Bin ich deswegen hier? Weil du denkst, dass der Peiniger heute einen Anschlag auf dich verüben wird?*<<
Langsam, fast schon in Zeitlupe, bewegte der Teufel seinen Kopf zu Barlas hinüber und blickte ihm tief in die Augen:
>>*Ganz recht. Heute ist es soweit. Heute wird der Peiniger, seinen bisher größten Angriff auf mich unternehmen. Und du wirst mich vor ihm und seinen Gefolgsleuten beschützen.*<<
Barlas überlegte einen Moment und stellte eine weitere Frage:
>>*Wieso bist du dir dabei so sicher, dass er ausgerechnet heute dich herausfordern wird?*<<
Ohne seine Blicke von ihm abzuwenden, antwortete ihm der Teufel:
>>*Ich habe meine Spione überall. Nichts, was in meiner Hölle geschieht, kann vor mir verborgen bleiben. Ich weiß immer, wer etwas macht, genauso wie und wo er es macht.*<<
Es folgte eine etwas kurze Pause, eher Barlas seine nächste Frage stellte:
>>*Ich kann einfach nicht glauben, dass du, der Teufel höchstpersönlich, es nicht schaffen soll, es alleine mit ein paar meuternden Dämonen aufzunehmen, die ein Putsch unternehmen möchten. Wie ist das nur möglich?*<<
Es folgte erneut eine kurze Pause bis der Teufel eine Antwort darauf gab:
>>*Wie ich bereits erwähnt hatte, handelt es sich bei dem Peiniger nicht um einen gewöhnlichen Dämon. Er ist weitaus mächtiger und er kann mir dadurch sehr wohl zu einer ernsthaften Bedrohung werden. Die meisten meiner übersinnlichen Kräfte haben keine Wirkung auf ihn. Ich kann es nicht riskieren und es einfach nicht zulassen, dass er mich besiegt und den*

Thron und somit die Kontrolle über die gesamte Hölle an sich nimmt.<<

Anschließend wurde seine Stimme lauter und klang wütender:

>>DAS DARF EINFACH NICHT PASSIEREN!<<

Mit der einen Hand, in der er seinen Stab hielt, umklammerte er ihn fester, so als ob er ihn ausquetschen wollte, während er mit der freien Hand eine Faust ballte und auf den Kopf des Thronwächters schlug.

Barlas wich dabei einen Schritt zurück und nickte verständnisvoll mit dem Kopf.

>>Alles wofür ich gekämpft habe. Alles was ich je aufgebaut habe. Alles was ich mir vorgenommen habe. All das, darf nicht umsonst gewesen sein.<<

Sprach der Teufel in einem leicht wütenden Ton weiter und beendete seinen Satz mit den folgenden Worten:

>>Ich habe noch sehr viel vor. Habe sehr große Pläne. Ich kann nicht zulassen, dass einfach irgendein Dämon von gestern, all das zunichte macht.<<

Barlas konnte den Teufel, wenn auch nicht alles für ihn einleuchtend klang, verstehen und zeigte dies mit einem deutlichem Kopfnicken, während er dabei seine Lippen aneinander presste.

Und in dem Moment, als er erfuhr, dass der Teufel noch Pläne und Ziele hat, versetzte er sich in seine Lage. Denn bis vor Kurzem hatte auch Barlas Pläne und Ziele, die er sich für seine Zukunft genommen hatte und die er, koste es was es wolle, um jeden Preis erreichen wollte. Doch nun mussten all diese Pläne und Ziele weiterhin als unerreichte Träume in seinen Gedanken verweilen. Womöglich sogar für den Rest seines Lebens. Das Schicksal hatte nunmal völlig etwas anderes mit ihm vor. Seine Zukunftspläne hatten sich bereits an dem Tag aufgelöst, als er den Vertrag des Teufels unterschrieben hatte. Barlas war das zwar von Anfang an klar gewesen, aber er wollte es nicht wirklich wahr haben und verdrängte, all die Zeit über, die große und schmerzhafte Realität. Er tat so, als ob er tatsächlich immer noch an MMA-Turnieren teilnehmen und später einmal ein großer Kampfsportler werden könnte wie ein gewöhnlicher Mensch. Dieser Mensch war er seit jener Nacht nicht mehr gewesen. Zumindest kein gewöhnlicher. Er hatte einen Weg beschritten, den er nun beschreiten musste. Es gab kein zurück mehr. Es sei denn, der Teufel hält am Ende tatsächlich was er von Anfang an versprochen hatte und nimmt die außergewöhnliche Gabe, die er ihm verliehen hatte, wieder zurück um Barlas dadurch erneut die Freiheit und somit sein altes Leben zu schenken. Irgendwie hatte er dennoch ein kleines Fünkchen Hoffnung in sich, dass er schon bald der nächste amtierende Champion in der Geschichte des UFC und des MMA's werden würde. Verlassen konnte sich Barlas nicht darauf, obwohl der Teufel ihm ständig versicherte, dass er das ruhig tun könnte. Aber es handelte sich ja schließlich um den Teufel und Barlas war immerhin klug genug um eher vorsichtig zu sein als dem Fürsten der Finsternis blind zu vertrauen. Das ganze war viel zu kompliziert für ihn und er wollte es einfach nur abwarten und sehen, was davon am Ende tatsächlich zutreffen würde und was nicht.

Und im Moment wollte er ihn nicht noch mehr ärgern. Stattdessen wollte er sowohl den Teufel als auch sich selbst auf andere Gedanken bringen, weswegen er das Thema auf der Stelle wechselte und dadurch das Gespräch auf das äußere Aussehen des Teufels lenkte.

>>*Wieso rennst du eigentlich nicht immer in deiner wahren Gestalt herum, oder nimmst mal zur Abwechslung eine andere Gestalt an als immer nur diesen alten Mann, der aussieht als wäre er eintausend Jahre alt?*<<

Der Teufel seufzte erneut während er seine Augen verdrehte. Danach starrte er in die Leere und beantwortete die Frage ohne Barlas dabei anzusehen. Seine Stimme klang zwar leicht wütend, aber Barlas konnte auch ein wenig Enttäuschung darin hören:

>>*Ich kann nur diese eine menschliche Gestalt annehmen.*<<
Sagte er und erzählte weiter, während Barlas gespannt zuhörte:
>>*Die Fähigkeit, mich in viele andere Menschen zu verwandeln, wurde mir schon vor sehr langer Zeit von der selben Macht genommen, die mir auch dieses Aussehen, die du vor dir sitzen siehst, verliehen hat. Denn mein eigentliches Aussehen, meine natürliche Gestalt...sieht ganz anders aus.*<<
Barlas konnte bereits ahnen, wen oder was er meinte, als er von einer gewissen Macht redete. Er bevorzugte es zu schweigen und ihn nicht zu unterbrechen.

Der Teufel erzählte in der selben Tonlage weiter:
>>*Weiters kann ich auch verschiedene Tiergestalten annehmen, aber auch hier wurden meine Fähigkeiten begrenzt.*<<
Es folgte ein etwas längeres Schweigen, das vom Teufel wieder unterbrochen wurde:
>>*Doch das ist alles nur halb so schlimm. Denn, wenn die Zeit gekommen ist, werde ich mir all meine Macht und Fähigkeiten wieder zurückholen...Und sogar noch vieles mehr.*<<
Als er den letzten Satz ausgesprochen hatte, klang seine Stimme sehr zuversichtlich und Barlas hörte das Selbstvertrauen, das darin erblühte.

Barlas nickte verständnisvoll mit seinem Kopf und blickte dabei auf den Boden.
>>*Mach dich bereit Junge!*<<
Hörte er plötzlich den Teufel ihm sagen und starrte ihn mit fragenden Blicken an, während er dabei wissen wollte, was er damit meinte. Der Teufel blickte zu ihm und antwortete mit ent-

spannter, anstatt mit besorgter Stimme:

>>*Es wird Zeit, dass du mal Zeigst, was der Champion in dir tatsächlich so alles kann...Der Peiniger steht bereits vor meiner Tür.*<<

Barlas schluckte einmal kräftig und machte ganz große Augen. Er bemühte sich cool zu bleiben und nicht zu zeigen wie nervös er im Augenblick war.

Er machte einen recht großen Sprung nach hinten, als der Peiniger mit einem großen Knall das Tor zum Thronsaal des Teufels aufgestoßen hatte. Und kaum war das Tor aufgestoßen und schon stürmten einige Kreaturen, die bis dahin dem Teufel in der Hölle bestimmte Dienste erwiesen und sich jetzt gegen ihn erhoben hatten. Der Peiniger hatte es geschafft, einige von ihnen zu überreden, sich an seine Seite zu stellen. -*Welch Narren das doch sind.*- Dachte sich der Teufel als er seine ehemaligen treuen Diener an der Seite seines Feindes gesehen hatte.

Und dann trat, mit sehr ruhigen und langsamen Schritten und vollkommen in dunkelblauem Schleier gehüllt, der Peiniger den Thronsaal, dem direkt dahinter drei Retorras herein folgten.

Barlas fing bereits ein wenig zu schwitzen an, weil er genau in diesem Moment gemerkt hatte, wie ernst die Lage tatsächlich gewesen war. Seine Gedanken waren im Augenblick vollkommen durcheinander und er schaffte es nicht ruhig und gelassen an seinem Platz zu stehen. Er hatte seine Hände an seine Hüften gestemmt und klopfte unaufhörlich mit seinem rechten Fuß auf den Boden als würde er jeden Moment eine solo Stepptanz Show hinlegen wollen.

>>*Ich habe dich bereits erwartet Tormentor.*<<

Begrüßte der Teufel den Peiniger. Tormentor ist die englische Bezeichnung für den Begriff Peiniger. Dann sprach er, ohne aufzustehen, weiter:

163

>>Wie ich sehe, warst du recht fleißig. Du hast es tatsächlich geschafft meine Leute an deine Seite zu ziehen. Trotzdem wird es dir nicht gelingen mich von meinem Thron zu stoßen.<< Danach erhob er seinen rechten Arm und zeigte mit seiner Hand in Richtung Barlas während er folgendes dabei sagte: *>>Denn wie du siehst, war auch ich fleißig und habe mich auf deine Ankunft vorbereitet.<<*

Als Barlas bemerkt hatte, dass der Teufel direkt auf ihn zeigte und ihn damit meinte, wurde er erst richtig nervös und musste erst einmal kräftig auspusten, bevor er wusste, was er zu tun hatte. Zuletzt war er so nervös gewesen als er damals in der Schule vor der gesamten Klasse ein Schulreferat über Wölfe halten musste. Auch damals musste er schwitzen, weil alle Augen auf ihn gerichtet waren und gespannt auf seine Vorträge warteten. Barlas war nicht einer der gerne im Rampenlicht stand. Es sei denn es ging dabei um Kampfsport und MMA. Da wollte er ausnahmsweise im Rampenlicht stehen und zeigen was er so drauf hatte, damit alle Welt über ihn spricht. Doch der Moment in der er sich eben befand, war komplett etwas anderes als wie in der Schule ein Referat vor der Klasse zu halten oder für den Meisterschaftstitel in MMA zu kämpfen. Im Moment befand er sich in der Hölle, vor ihm saß der Teufel höchstpersönlich und eine Gruppe Dämonen und, die kurz davor gewesen waren, sich auf ihn zu stürzen und ihn zu zerfleischen. Das war tatsächlich komplett ein anderer Druck gewesen als damals in der Schule und konnte im entferntesten nicht damit verglichen werden.

Nachdem der Teufel seinen Champion offiziell präsentiert hatte, konnte der Peiniger seine Augen nicht von ihm trennen. Er starrte tief in seine Augen und sagte zunächst nichts. Barlas dachte sich währenddessen, dass nun wohl die Gelegenheit gekommen war, es diesem Peiniger heimzuzahlen, dass er ihn ständig gestalkt hatte. Auch er erwiderte seine Blicke mit noch strengeren Blicken und gab dem Peiniger dadurch zu verstehen, dass er sich nicht vor ihm fürchtete.

Danach wandte er seine Blicke für einen kurzen Moment dem Teufel zu, der ihm langsam mit dem Kopf zunickte und ihm dadurch zu verstehen gab, dass es nun an der Zeit war, sich erneut zu verwandeln. Barlas sammelte all sein Mut zusammen, atmete einmal kräftig ein und aus, entspannte sich wieder und verwandelte sich im Anschluss in den furchtlosen und mächtigen Dämon, zudem der Teufel ihn gemacht hatte.

Während einige Dämonen sich davor zurückschreckten, blieb der Peiniger ganz ruhig und ließ sich davon nicht besonders beeindrucken.

Stattdessen warf er seine Verschleierung ab und zeigte sich in seiner Kriegerrüstung, die er darunter getragen hatte. Sie ähnelte dem von Barlas. Doch bevor der Kampf begann, brach der Peiniger sein Schweigen und sprach zu Barlas einige Worte zu:

>>Barlas!...Du musst das nicht tun. Wir müssen nicht gegeneinander kämpfen. Du bist nicht sein Leibwächter. Komm lieber an meine Seite und regiere mit mir gemeinsam die Hölle. Wir zwei haben zusammen eine Macht, die du dir nicht einmal in deinen Träumen vorstellen kannst. Du hast so viel Potenzial und verfügst über eine sehr gewaltige Macht von der du noch gar keine Ahnung hast. Komm an meine Seite und ich werde dir alles zeigen und beibringen.<<

Barlas schwieg und starrte ihn einfach nur an, während der Teufel dazwischen ging und mit besorgter Stimme sagte:

>>Hör nicht auf ihn! Er möchte dich nur verwirren und dir deine Konzentration rauben. Er belügt dich, weil er weiß, dass du viel stärker bist als er...Er hat Angst vor dir.<<

Der Champion gewann durch diese aufbauenden Worte des

Teufels umso mehr Mut, woraufhin er erst gegen den Peiniger antreten wollte. Und um dieses vergossene Benzin anzuzünden, feuerte der Teufel ihn erst so recht an indem er sagte:
>>*Du kannst ihn ganz locker vernichten...Denk an deine Zukunft als der amtierende UFC Champion. Denn das steht dir als nächstes bevor, sobald du ihn vernichtet hast.*<<
Er beendete seinen Vortag mit einem besonders frechem Grinser.
Der Champ war nun sowohl zornig als auch motiviert genug um seinen ersten Kampf gegen den Peiniger auszutragen.
Er war so sehr wütend, sodass sogar die roten Linien, die seinen gesamten Körper durchstreiften und die wie seine Adern wirkten, anfingen pulsierend rot aufzuleuchten. Seine Augen glühten ebenso vor Zorn und bildeten sich zu richtigen Feuerbällen in ihren Höhlen.
Mit voller Wucht und Blitzgeschwindigkeit schoss er durch den gesamten Thronsaal und stürzte sich direkt auf sein einziges Ziel. Der Peiniger stand die ganze Zeit über, ohne auch nur ein Muskel zu zucken, an seinem Platz und wirkte so, als würde er es wollen, dass der Champ ihn so attackiert.
Kurz bevor der Champ zum ersten Schlag ausholen konnte, der für den Peiniger bestimmt war, stellten sich alle vier Dämonen, die dem Peiniger gefolgt waren, dazwischen und konnten so den Champ daran hindern.
Dem Teufel war es ein Rätsel, wieso der Peiniger nicht mit mehr Gefolgschaft angekommen war, als nur mit vier Dämonen und drei Retorra's. Dachte er etwa tatsächlich, dass er nicht mehr Krieger notwendig hätte um den Teufel vom Thron zu stoßen? Doch zugleich war ihm das auch egal gewesen, weswegen er es auch nicht erfahren wollte. Denn er war sehr zuversichtlich, dass sein Champion, egal mit vielen er es auch aufnehmen müsste, in der Lage gewesen war, sie alle zu ver-

nichten.

Bei den vier Dämonen handelte es sich um sehr treue Diener des Peiniger's. Sie hießen Ignis, Inun, Caeli und Terra. Bekanntlich waren sie zwar von jeglichen Geschlechtsteilen befreit gewesen, aber äußerlich wirkten sie vielmehr von männlicher Statur und verfügten jeweils über eines der Kräfte der vier Elemente.

Ignis war der Geist des Feuers, wodurch sein Name auf Latein Feuer bedeutete. Inun war der Geist des Wassers. Von seinem Namen wurde auf Latein der Begriff „inundatio" abgeleitet, der übersetzt „Flut" beziehungsweise „Überschwemmung" bedeutet. Caeli war der Geist der Luft. Auch sein Name war auf Latein ein Begriff und bedeutete schlicht und einfach Luft. Terra war der Erdgeist. Und auch sein Name bedeutete auf Latein Erde. Diese vier Geister der Elemente waren in der Tat sehr mächtige und starke Dämonen. Sie alle konnten, die für sie vorgesehenen Elemente gänzlich kontrollieren. Nicht selten trieben sie sich auf der Erde herum und sorgten für diverse Naturkatastrophen. Sie lösten Waldbrände, Vulkanausbrüche, Überschwemmungen, Erdbeben und Wirbelstürme sowie sehr starke Orkane aus und sorgten dadurch für das Leid und Elend der Menschen.

Sie zerstörten und vernichteten einfach alles und jeden, den sie heimsuchten. Und im Moment sollten sie erst einmal den neuen Champion des Teufels vernichten.

Während also der Teufel am einen Ende und der Peiniger, mit seinen drei Retorra's, am anderen Ende des Thronsaals standen, verfolgten sie beide ganz gespannt den Kampf, der genau zwischen ihnen stattfand.

Champ holte zu einem neuen Angriff aus und stürzte sich zunächst auf Caeli, den Geist der Luft, der seinen ersten Schlag mit einem kräftigen Windstoß abgewehrt hatte.

Diesmal konnte Champ mit Erfolg einen ordentlichen Haken landen, wodurch er damit Caeli direkt zu Boden brachte.

Kurz bevor er sich auf ihn stürzen und mit schnellen und abwechselnden Faustschlägen endgültig vernichten wollte, ging Terra dazwischen und sorgte mit einem gewaltigen Erdbeben dafür, dass Champ seine Balance verlor und mit seinem Rücken auf den Boden fiel. Einige Risse und schmale Spaltöffnungen waren dadurch am Boden des Thronsaals entstanden. Als der Teufel das gesehen hatte und ihm dadurch klar wurde, dass dieser Kampf der Titanen seinen gesamten Thronsaal zu zerstören drohte, erhob er sich schlagartig von seinem Thron und warf folgendes ein, wodurch ganz plötzlich alle Blicke auf ihn gerichtet waren:

>>*GENUG!...Dieser unnötiger Kampf gefährdet meinen Thronsaal. Daher schlage ich vor, dass der Kampf woanders weiter ausgetragen wird.*<<

>>*Soll mir recht sein.*<<

Brachte der Peiniger sein Einverständnis zum Ausdruck und wollte wissen:

>>*Und wo sollen wir den Kampf hinverlegen? Doch nicht etwa nach Zemheri?*<<

Zemheri war der kälteste Ort der gesamten Hölle. Denn die Hölle bestand nicht zu einhundert Prozent aus Feuer oder hatte nur brennende und sehr heiße Stellen und Orte. Sie hatte auch diesen einen Ort, an dem Temperaturen in eisiger Kälte bis zu weit über eintausend Grad Celsius unter Null haben konnten. Der Ort verfügte über eine unvorstellbare Kälte und war für die ganz besonderen Seelen, aber auch Dämonen gedacht gewesen, die äußerst schwere und fatale Sünden begangen hatten. Selbst der Teufel fürchtete diesen Ort, denn er war nicht stark genug um dieser Kälte gewaltigen Ausmaßes standhalten zu können. Aber das wussten nur er und Gott. Sonst niemand. Andernfalls

würde der Peiniger ihn nicht darauf ansprechen, weil er wissen würde, dass der Teufel unmöglich diesen Ort meinen könnte. Mit ernsten Blicken in seinen Augen und einer sehr ruhigen Stimme, die dennoch ziemlich tief und düster klang, schlug der Teufel folgenden Ort vor:
>>*Derom.*<<

Kaum hatte er den Namen des Ortes ausgesprochen, befanden sich allesamt ganz plötzlich in Derom. Vom Thronsaal war weit und breit nichts mehr zu sehen.
Derom war ein Ort in der Hölle, in der der Teufel all die Seelen gefangen hielt, die sich freiwillig ihm geopfert hatten beziehungsweise verkauft wurden als sie noch in ihren menschlichen Körpern auf der Erde wandelten.
Dort hielt er sie auf ewig gefangen und holte sie nach Lust und Laune heraus um sie auf viele verschiedene Weise zu foltern und zu bestrafen, sowie sie zu seinen persönlichen Sklaven zu machen, die sowohl ihm als auch seinen Dämonen in der Hölle bestimmte Dienste erweisen mussten.
Und jetzt sollte genau dieser Ort ausnahmsweise einem anderen Zweck dienen. Von all den gefangenen Seelen war in diesem Augenblick nichts zu sehen, da der Teufel bereits dafür gesorgt hatte. Derom war eine völlig leere Wüstenlandschaft in der Hölle, die nichts als schwül war und nach purem Schwefel roch. Der Sand von dem die gesamte Wüste bedeckt war, war kein gewöhnlicher Sand. Die Wüste bestand aus grau-schwarzen Körnern, die wie ein Haufen Asche oder auch wie sehr fein gehobelte Kohle wirkten, aus der fast unsichtbarer Rauch empor stieg. Die Seelen, die sonst an diesem Ort herum wandelten und darauf warteten bis der Teufel oder einer seiner Diener sie holten um sie zu bestrafen, konnten nicht ruhig darauf gehen. Sie hoppelten und wechselten sich die Füße beim Stehen ab,

weil sie sonst verbrannten. Und die erstickend schwüle Luft sowie der heiße Wind, der oft hindurch zog, gab ihnen den Rest. Der Himmel war rötlich-grau und beherbergte viele dichte und dunkle Wolken. Nichts an diesem Ort war hell. Er war, genau wie der Rest der Hölle, einfach nur dunkel.

Noch bevor der Kampf weitergehen konnte, erhob sich mitten in der Wüste ein Kampfring, sowie Barlas sie von professionellen UFC Kämpfen kannte. Nur dass der Käfig dieses Rings mit vor Hitze glühenden Gitterstäben ausgestattet worden war. Zudem war der Boden des Käfigs ebenso mit kleineren Gittern ausgestattet gewesen und darunter loderten Flammen, die teilweise bis hinauf zu den Füßen der Kämpfer reichten.

Eine Art Grillparty ganz nach dem Geschmack des Teufel's.

Zwei Kämpfer, Champ und der Feuergeist Ignis, befanden sich bereits drinnen, während die anderen drei Dämonen sich außerhalb aufhielten.

Der Teufel hatte auch schon an seinem neuen Stuhl, von dem aus er die Kämpfe sehr gut beobachten konnte, Platz genommen, während der Peiniger genau am gegenüberliegenden Stuhl Platz genommen hatte.

Der Teufel erhob sich, streckte seine spezielle Kriegssense in die unreine Luft und rief ganz laut, wodurch seine Stimme noch furchteinflößender klang als sonst:

>> *MÖGEN DIE KÄMPFE BEGINNEN!*<<

Ein heftiger Sandsturm fegte plötzlich über die gesamte Landschaft, doch sowie er auch ganz schnell wieder vorbeigezogen war, gingen Champ und Ignis, ohne noch weiter zu zögern, aufeinander los.

Es schien zunächst so, als ob Ignis im Vorteil wäre, weil er das Feuer kontrollieren konnte, wie kein anderer. Doch schnell musste er feststellen, dass er Champ viel zu sehr unterschätzt hatte.

Denn er bekam ordentlich viele und harte Schläge von ihm an sämtliche Körperstellen verpasst. Auch seine verzweifelten Versuche ihn mit fiesen Feuerstürmen zu verwirren oder gar aufzuhalten, scheiterten. Der gesamte Kampf dauerte gerade mal drei Minuten und Ignis musste sich geschlagen geben.

Doch in der Hölle lief es etwas anders ab als auf der Erde. Hier hieß es Existenz oder endgültige Vernichtung. Und genau das Letztere war es, wofür sich Champ auch entschieden hatte. Er hatte Ignis mit einem gewaltigen Schlag in seine Brust endgültig außer Gefecht gesetzt und ihm anschließend, sowie er es aus den Mortal Kombat Videospielen kannte, durch ein richtiges „FATALITY" ein brutales „FINISH HIM" verpasst. Und zwar hatte er sich über ihn gestellt, ein Speer aus seinem ganzen Arm geformt und diesen direkt in sein Schädel durchbohrt und ihn dadurch zu Asche zerfallen lassen.

Der Teufel blickte zum Peiniger hinüber und setzte dabei einen frechen und provozierenden Grinser auf. Der Peiniger hatte nichst zu lachen, weswegen er ohne eine Reaktion darauf zu zeigen die nächste Runde abwartete.

Sowie die Asche von Ignis sich aufgelöst hatte, sprang schon der nächste Gegner in den Ring und ging sofort zur Attacke hinüber. Es war Inun, der Geist des Wassers.

Auch er dachte, dass er im Vorteil wäre, da er mit der Kraft des Wassers, Champ auf der Stelle auslöschen könnte, in dem er ihn überfluten würde wie ein gewaltiger Tsunami. Champ trieb zwar eine kurze Zeit lang in dem gewaltigen Wassersturm, aber er ließ sich davon nicht im geringsten aufhalten. Stattdessen ging er zum Gegenangriff hinüber und feuerte aus seinen Händen so viel Lava ab bis Inun sich dadurch zu einem großen Felsbrocken verwandelte. Auch dieser Kampf hatte nicht allzu lange gedauert und wurde mit einem knallharten rechten Haken von Champ beendet. Inun zerfiel in viele kleine Steinbrocken, wurde anschließend wieder flüssig und verdampfte auf dem feurigen Gitterboden.

Der Peiniger wurde ein wenig unruhig und dem Teufel gefiel das umso mehr. Sein schiefes Lächeln wurde breiter und umzog sein gesamtes Gesicht.

Es ging in die dritte Runde und diesmal trat Caeli, der Geist der Luft, in den Ring und auch er griff ohne zu zögern an und ließ dadurch Champ nicht verschnaufen. Und Caeli sorgte mit seinen gewaltigen Windstößen und Wirbelstürmen auch dafür, dass das so bleibt. Doch auch gegen ihn konnte Champ standhalten und drängte ihn in die Ecke, in dem er es schaffte gegen den Wind zu kriechen und Caeli an den Beinen zu packen und zu Boden zu werfen. Sowie er ihn am Boden hatte, nahm Champ Caeli in den Schwitzkasten und drückte ihm solange und fest die Kehle zu, bis dieser selbst keine Luft mehr bekam. Nachdem er sich vergeblich hin und her gewälzt hatte, um sich aus den Fängen von Champ zu befreien, es jedoch nicht schaffte, verwandelte er sich in Luft und konnte sich so befreien.

Doch als er noch dabei gewesen war wieder zu sich zu kommen, schnappte Champ ihn bereits erneut und spuckte ihm ein Sturm aus Feuer in sein Gesicht und brachte ihn in sekundenschnelle zum einschmelzen. Caeli schmolz auf der Stelle bis nichts mehr von ihm übrig blieb.

Der Teufel nickte ganz siegesbewusst, während der Peiniger bereits eine zornige Miene aufgesetzt hatte.

Nun war der letzte Kämpfer des Peiniger's an der Reihe. Terra, der Erdgeist.

Jetzt lag es an ihm. Das sollte der entscheidende Kampf und die allerletzte Runde werden. Die letzte Hoffnung des Peiniger's.

Terra hatte den Ring betreten und starrte Champ mit seinen hasserfüllten und rachsüchtigen Augen an. Zunächst schien es so, als würde er kneifen und den Ring wieder verlassen. Doch dann, ganz plötzlich, verwandelte er sich in einen Wirbelsturm aus Sand und Erde und umhüllte Champ so sehr, dass er darin nicht mehr zu sehen war. Champ versuchte einige Schläge zu landen, doch seine Fäuste zeigten keinerlei Wirkung und traten jedes Mal aus dem Sandsturm heraus ohne Terra auch nur das kleinste Bisschen zu verletzen.

Es kam ihm so vor, als würde er gegen einen Sandsack boxen. Nur auf eine völlig andere Art und Weise als er es gewohnt war.

Terra sorgte dafür, dass Champ keine Luft bekam und versuchte ihn in dem gewaltigen Sandsturm zu ersticken. Champ schlug ganz wild kreuz und quer um sich und versuchte sich zu befreien. Doch egal wie er das anstellte, es gelang ihm nicht.

Dem Teufel verging das Lachen und er wurde langsam unruhig. Stattdessen verzog sich der Mundwinkel des Peiniger's ein wenig hinauf, während er stolz sein Kinn anhob.

Champ war immer noch in dem Sturm gefangen und hatte es nicht geschafft sich zu befreien.

Aber dann kam er auf eine Idee. Auch er verwandelte sich in ein Wirbelsturm, jedoch aus purem Feuer und mischte sich in den Sandsturm, bestehend aus Terra, hinein. Sie wirbelten eine Weile im Ring herum während der Teufel und der Peiniger ganz gespannt den spannenden und alles entscheidenden Kampf verfolgten ohne dabei zu blinzeln. Ihnen beiden stockte dabei fast der Atem.

Der flammende Sturm wurde immer größer während der sandige und erdige Sturm immer kleiner wurde. Es dauerte danach keine fünf Sekunden und schon explodierte in einem gewaltigen Knall der gesamte Ring und zurück blieben Champ und ein vollkommen erschöpfter Dämon namens Terra, der am Boden lag und sich kaum bewegte.

Langsam bewegte sich Champ auf Terra zu, der am Boden keuchte und schnaufte. Ohne zu zögern packte Champ Terra fest am Hals zu und riss ihm den Kehlkopf ab.
Gleichzeitig hatte Terra sich in feuriger Asche verwandelt und hatte sich in Luft aufgelöst.
Auch sein Kehlkopf, den Champ triumphierend in die Luft erhoben hatte, damit auch jeder sehen konnte, dass er gewonnen hatte, entflammte und äscherte zu Boden um sich sofort danach aufzulösen.
Die vier Geister der Elemente wurden somit alle von Champ besiegt.
Der Teufel erhob sich stolz von seinem Stuhl, wandte seine schwarzen Augen dem enttäuschten Peiniger zu und rief:
>>*Das war's Peiniger! Deine Kämpfer haben alle gegen mein Champion verloren. Folglich hast du verloren. Gibst du nun auf oder soll mein Champion noch weitere deiner Kämpfer vernichten?*<<
Er lachte provokativ.
Der Peiniger schwieg für einen Moment und starrte die ganze Zeit über Champ an. Seitdem der Kampf vorüber war, hatte er seine düsteren Blicke nicht von ihm abgewendet. Er wirkte nachdenklich. Der Teufel wurde unruhig und wiederholte sich:
>>*Also Peiniger? Gibst du nun au...*<<
An dieser Stelle wurde er vom Peiniger unterbrochen in dem dieser seine Hand in die Luft streckte. Er hielt kurz inne und antwortete dem Teufel anschließend:
>>*Ich muss dich enttäuschen mein lieber Satan. So leicht gebe ich noch nicht auf. Das diente lediglich nur zur Probe. Ich wollte wissen, wozu dein Champ tatsächlich in der Lage ist.*<<
Das gefiel dem Teufel überhaupt nicht, woraufhin er sich ärgerte und wütend folgendes einwarf:
>>*Was meinst du? Du elendiger Bastard!*<<

174

Nun lächelte der Peiniger ihm provokant zu und sagte:
>>*Die Herausforderung...fängt jetzt erst so richtig an!*<<
Kaum hatte er seinen Satz beendet und schon tauchten zwei
weitere Dämonen auf. Der Teufel hatte keine Ahnung wer diese zwei Gestalten waren, aber dafür wusste Champ ganz genau,
um welche zwei Wesen es sich dabei gehandelt hatte.
Denn genau vor ihm standen die zwei Männer von denen einer
sein Ex-Trainer in MMA und der andere sein Kontrahent namens Luuk gewesen waren.
Doch sie waren nicht mehr die, die sie einmal gewesen waren.
Der Peiniger hatte sie zu Dämonen verwandelt, die vollen Hass
und volle Wut gegenüber Champ pflegten und es nicht abwarten konnten, ihm die Gedärme herauszureißen und ihn zu vernichten.
Champ starrte zuerst mit erstaunten Blicken den verwirrten
Teufel an und wandte anschließend seine Blicke dem Peiniger
zu, der ihn ganz frech angrinste und dabei wirkte, als hätte er
ihm einen bösen Streich gespielt.
Es folgte ein kurzes Schweigen und erneut fegte ein grauenhaft
stinkender Wind über die gesamte Landschaft und zog an ihnen
allen ganz schnell wieder vorbei.
Alle waren angespannt. Alle warteten nun den nächsten Kampf
ab.

KAPITEL 10

WEITERE ÜBERRASCHUNGEN

Die beiden waren kaum wiederzuerkennen. Sie sahen fürchterlich aus. Luuk's Körper war von oben bis unten größtenteils mit Schuppen bedeckt. Als wäre er gerade dabei gewesen sich in einen Fisch zu verwandeln und hätte es sich mitten in seinem Entwicklungsprozess dann doch anders überlegt.

Die restlichen Teile an seinem Körper, die nicht mit Schuppen versehrt waren, wirkten blass und wiesen unzählige Narben auf, so als hätte man ihn an all diesen Stellen aufgeschnitten und wieder zusammengenäht. Seine Tränensäcke hingen schlaff hinunter und gaben mehr Einsicht in seine trüben und milchweißen Augen.

Der ehemalige Trainer, der einst Daniel Bosko hieß, hatte an seinem gesamten Körper große und kleine eitrige Blasen, die den Eindruck machten, als würden sie jeden Moment zerplatzen. Sie sahen aus wie eine Mischung aus Pickel und Brandblasen. Ein ekelhafter Anblick. Selbst für Champ.

Ganz besonders der Moment, an dem das linke Auge von Daniel Bosko anschwoll, aufplatze und jede Menge blutiges Eiter aus ihm heraustrat.

Sie waren recht schweigsam. Vor allem Luuk, der ja sonst immer irgendetwas zu melden hatte. Es schien so, als würden alle beide unter Hypnose stehen und auf ihr nächstes Kommando warten. Möglicherweise war das auch genau der Fall gewesen. Gut möglich, dass die beiden vom Peiniger gelenkt und kontrolliert wurden. Und dieser Verdacht bestätigte sich, als der Peiniger den Befehl für den Kampf gegeben und alle beide auf Champ aufgehetzt hatte.

Sie stürzten sich alle beide sofort auf Champ zu und schlugen unermüdlich auf ihn ein. Sie prügelten nicht nur auf ihn ein, sie bissen und kratzen ihn auch an sämtlichen Körperstellen. Champ tat sich zunächst schwer, sich auf beide gleichzeitig zu konzentrieren und sich zu wehren, doch nach nur kürzester Zeit, gelang es ihm den Kampf vollkommen zu kontrollieren. Nachdem er ihnen ordentliche Schläge ausgeteilt hatte, sammelte er all seine Kraft zusammen und vernichtete sie beide endgültig. Luuk löste sich in Glut und Asche auf, nachdem Champ seinen gesamten Arm in sein Mund gesteckt und all seine Gedärme herausgerissen hatte. Daniel Bosko löste sich ebenso in Glut und Asche auf, nachdem Champ ihm mit beiden Händen den Schädel zusammengedrückt und ihn, wie seine eitrigen Blasen an seinem Körper, zum zerplatzen gebracht hatte. Der Teufel war sichtlich erleichtert über das sehr zufriedenstellende Resultat.

Der Peiniger hingegen, hatte nicht viel zu lachen. Ganz im Gegenteil, er wurde nun erst so richtig wütend. In seinem unermesslichem Zorn, ließ er die drei Retorra's, die die ganze Zeit über an seiner Seite auf ihren Einsatz warteten, gleichzeitig auf Champ los.

Wie wilde und hungrige Bestien stürzten sie sich auf Champ und versuchten ihn in Stücke zu zerreißen. Champ hatte zwar schon einmal gegen zwei von diesen Kreaturen gekämpft und sie auch vernichtet, aber diese drei waren eindeutig stärker und ließen sich nicht so schnell besiegen.

Champ musste viele ernsthafte Biss- und Kratzspuren einstecken und schaffte es kaum sich von den Fängen der drei Bestien zu befreien. Doch so langsam hatte er genug davon und ließ die drei Kreaturen all seinen Zorn zu spüren bekommen. Zuerst verpasste er ihnen nacheinander einen kräftigen Schlag mitten in ihren gesichtslosen Schädel und vertrieb sie von sich. Danach schnappte er einen von ihnen am Schwanz, riss ihn mit einem Ruck aus und stach diesen in den Brustkorb eines anderen Retorras, der winselnd und zappelnd zu Boden ging. Ohne zu zögern stellte Champ sich sofort vor den beiden angeschlagenen Kreaturen, hob seine Arme wie zwei Flammenwerfer hoch, richtete sie auf die beiden und schoss eine gewaltige Flamme aus ihnen heraus, sodass die beiden Bestien auf der Stelle in diesem gewaltigen Inferno verbrannten und sich kreischend auflösten.

Die letzte Kreatur öffnete ihren Maul und machte einen gewaltigen Sprung auf Champ zu, der sie mit beiden Händen noch in der Luft schnappte und über seine Schulter warf.

Der Retorra knallte mit voller Wucht auf den sandigen Boden. Champ fuhr aus seinen Händen lange Krallen heraus, stürzte sich auf den sich am Boden rekelnden Retorra und fing an ihn zu zerfleischen. Die Kreatur kreischte und winselte und versuchte zu entkommen, doch es war alles vergebens. Champ hatte sie in nur Sekunden vollkommen aufgeschlitzt und sämtliche Eingeweide herausgerissen. Der Retorra hörte auf sich zu wehren und ließ sämtliche Gliedmaßen, sowie den in die Höhe ragenden Schwanz senken. Nachdem Champ auch mit der letzten Kreatur fertig geworden war, riss er ihr den Kopf ab und verbrannte es in seiner Hand, während der restliche Körper sich ebenso entflammte und zu Asche verwandelte.

>>Genug!<<

Rief der Peiniger plötzlich und stand von seinem Stuhl auf. Der Teufel sah ihn völlig misstrauisch an, während Champ ebenso seine Augen auf ihn richtete.

Der Peiniger näherte sich mit langsamen Schritten und einem sehr zornigem Gesicht Champ zu. Dieser erwiderte seine Blicke die ganze Zeit über und stellte sich auf einen Kampf mit ihm drauf ein.

Doch der Peiniger hatte etwas anderes als ein Kampf im Sinne.

Obwohl er mit einer ruhigen Stimme zu Champ sprach, konnte er dennoch einen leicht wütenden Ton darin hören.

Der Teufel schien zu wissen, welchen Zug der Peiniger als nächstes machen würde, doch er hielt sich jedoch zurück und wollte das Geschehen in aller Ruhe beobachten.

>>*Barlas!*<<

Sprach der Peiniger Champ an und setzte seine Rede fort:

>>*Es gibt da etwas, was du wissen solltest.*<<

Champ hörte ihm aufmerksam zu, hatte jedoch weiterhin seine Hände zu Fäusten geballt um einen überraschenden Angriff abwehren zu können. Doch der Peiniger machte keinerlei Anzeichen für einen hinterhältigen Angriff, sondern sprach in dem selben Ton weiter:

>>*Ich weiß, es wird dir sehr schwer fallen, es zu glauben, aber...ich bin es, dein Vater.*<<

Plötzlich lockerten sich die Fäuste von Champ und lösten sich wieder. Seine wutentbrannten Augen öffneten sich ganz weit auf. Ihm durchfuhr ein Gefühl des Schocks durch den gesamten Körper. Er war wie erstarrt und bewegte sich nicht von seinem Fleck. Und noch während er zu begreifen versuchte, wovon dieser wahnsinniger, der sich selbst den Peiniger nannte, sprach, nahm der Peiniger langsam seine menschliche Gestalt an. Nach nur einem kurzen Augenblick stand auch schon tatsächlich Erol, der Vater von Barlas, ihm direkt gegenüber und sah ihn mit verlegenen Blicken an. Champ stand immer noch fassungslos auf seinem Platz und wusste zunächst nicht, wie er auf diese unerwartete Situation reagieren sollte.

Es herrschte ein langer Schweigemoment und das Bedauern war Erol in sein Gesicht geschrieben. Es war eindeutig, dass er all das, was geschehen war, bereute und ernsthaft versuchte, die Beziehung zwischen seinem einzigen Sohn und sich selbst wieder in Ordnung zu bringen.

So brach er das Schweigen und sprach mit seiner menschlichen
Stimme weiter:

>>*Ich weiß, was du jetzt denkst...*<<

>>*Nein, das weißt du nicht!*<<

Unterbrach ihn Champ, indem er ihn anschrie und sich gleichzeitig zurück zu Barlas verwandelte.

Nachdem er sich wieder gänzlich zurück verwandelt hatte,
sprach er mit seiner in Perplexität versetzte Stimme weiter:

>>*Ich kann dir nicht glauben, dass du mein Vater bist. Wie soll
das denn auch nur möglich sein? Woher weiß, dass du nicht
versuchst mich hier zu irritieren und zu verarschen?*<<

Die ersten Tränen machten sich in seinen Augen bemerkbar,
ungewiss, ob sie durch Wut, durch Enttäuschung, durch Freude
oder vielleicht sogar durch eine Mischung aus allem entstanden
waren.

Erol nickte langsam mit seinem Kopf und stimmte damit
Barlas zu. Er biss sich in die Unterlippe und gab sein Bestes
um Barlas zu beweisen, dass er tatsächlich sein Vater ist. So
fing Erol an einige Geschichten aus der Vergangenheit zu erzählen um Barlas davon zu überzeugen, dass sie mit einander
verwandt waren. Er atmete einmal tief ein und aus und fing zu
erzählen an:

>>*Vielleicht hat es dir deine Mutter bereits erzählt, aber ich
möchte gerne, dass du es auch von mir zu hören bekommst. Du
warst damals noch ein Kind und hast es nicht mitbekommen,
aber ich war ein elendiger und lausiger Spieler mein Sohn. Ich
hatte überall, wo es nur möglich war, mein ganzes Geld ver-
spielt. Lotto, Rubbellose, Sportwetten, Spielautomaten,
Casino's und sonstige Glücksspiele. Einfach alles. Und ich
hatte jedes Mal verloren. Es gab keinen einzigen Tag an dem
ich auch nur den kleinsten Betrag gewonnen hatte. Ich drehte
richtig durch und stritt mich auch deswegen mit deiner Mutter*

sehr oft. Irgendwann reichte es mir und ich haute ab. Ich habe euch zwei ganz einfach zurückgelassen und bin nie wieder zurückgekehrt.<<

Die ersten Tränen rollten bereits über die Wangen von Barlas. Sie verdampften als sie auf den heißen und sandigen Untergrund klatschten. Ohne ihn zu unterbrechen hörte er ihm weiter zu:

>>An diesem Tag war ich vollkommen am Ende. Ich war kurz davor Selbstmord zu begehen. Ich hatte einfach viel zu viele Schulden, die ich niemals hätte zurückzahlen können. Freunde, Kollegen, Banken. Einfach überall...Doch dann kam ich auf die Idee und wollte irgendwo, ich wusste noch nicht wo genau, ob nun eine Bank, ein Wettbüro oder sonst irgendwo, einen Überfall beziehungsweise ein Einbruch machen. Doch während ich noch so verzweifelt am Überlegen war, tauchte plötzlich, er...<<

Er zeigte mit dem Finger, dem Barlas folgte, auf den Teufel und sprach weiter:

>>...auf und bot mir ein Geschäft an. Er handelte mit mir ein Deal aus und ließ mich einen Vertag unterzeichnen. Ich sollte ihm meine Seele verkaufen und er würde mich dafür reichlich mit Geld belohnen...Er versprach mir unendlich viel Geld und Reichtum, wenn ich mich dafür bereit erklären würde, ihm meine Seele zu geben und ihm zu assistieren, indem ich andere Menschen dazu verleite Böses zu tun und Verbrechen zu beehen. Ich war damals so verzweifelt, dass ich diesen Deal angenommen hatte. Und Menschen dazu zu verleiten Verbrechen zu begehen und dem bösen Pfad zu folgen, klang für mich kinderleicht. Ich dachte nur, das schaffe ich mit links und verbreite das Böse in Rekordzeit. Doch irgendwann verlor ich mich darin und das Böse in mir nahm immer mehr die Kontrolle über mich. Irgendwann war es dann soweit, dass diese

dunkle Seite von mir, den du als den Peiniger kennst, sich
selbst gegen den Teufel gestellt hat und seither versucht ihn zu
stürzen um seinen Platz anzunehmen. Anfangs dachte ich, ich
könnte wieder zu euch zurückkehren, aber nicht mit diesem
Monster in mir. Ich hatte versucht ihn von euch fernzuhalten,
so gut ich konnte.<<
Barlas schluchzte und wischte sich mit dem Handrücken die
Tränen von seinen Augen ab. Seine Lippen bebten dabei.
Erol erzählte noch weiter:
>>Doch ich hatte euch, ohne euch dabei aufzufallen, so oft ich
konnte besucht. Ich erschien deiner Mutter fast jede Nacht und
beobachtete sie dabei, wie sie sich in den Schlaf weinte. Ich
beobachtete sie dabei, wie sie dafür betete, dass alles wieder
gut wird. Ich hatte auch dich bei jeder Gelegenheit besucht.
Sowohl nachts während du geschlafen hast als auch in der
Schule...Weißt du noch, wie dich andere Kinder immer gehän-
selt hatten?<<
Barlas wusste es ganz genau. Damals in der Schule wurde er
oft gemobbt und gehänselt. Viele der anderen Kinder wussten
von seiner Leidenschaft zum Kampfsport und machten sich
immer über ihn lustig und beschimpften ihn als „Karate Shit",
bezogen auf den Film „Karate Kid", oder als „Möchtegern
Bruce Lee". Einige der Kinder riefen ihn nicht mit seinem Namen, sondern nannten ihn immer „Fathersucker", quasi das Gegenteil von dem Begriff „Motherfucker", den sich die Kinder
extra für ihn einfallen ließen. Oftmals wurde er auch „Urin
Boyka" genannt. Angelehnt an den Namen des Hauptcharakter
der Filmreihe „Undisputed". Und nicht selten wurde er von ihnen verprügelt. Meistens deswegen, weil sie ihm zeigen wollten, dass er nicht kämpfen konnte und nicht würdig sei, sich als
Kämpfer oder als Kampfsportliebhaber zu bezeichnen. Das war
eines der Gründe, wieso Barlas unbedingt Karriere als Kampf-

sportler machen wollte. Er wollte es einfach damit allen seinen Feinden zeigen und sie dadurch bloß stellen.

Seiner Mutter hatte er nie von all diesen schrecklichen Taten, die ihm widerfahren waren, erzählt. Er wollte einfach nicht, dass sie noch trauriger wurde als sie es ohnehin schon gewesen war. Er wollte nicht, dass sie sich ständig sorgen um ihn machen musste. Außerdem musste er ihr, nachdem sein Vater einfach so verschwunden war, beweisen, dass er ein Mann gewesen war und auf sich selbst aufpassen konnte.

Vor allem zeigte er das dadurch, dass er seine Mutter vor anderen beschützte, wenn ihr eine Gefahr drohte. Da war es nur von Vorteil gewesen, dass er mittlerweile Mitglied in einem Kampfsportverein gewesen war. Soweit Barlas zurückdenken konnte, befand er sich ständig in irgendwelchen Kämpfen. Sei es in der Schule, im Kampfsportverein, auf der Straße oder in der Arbeit. Er musste oft vieles einstecken, doch irgendwann hatte er angefangen auch einiges zu verteilen. Wie damals, als er einem seiner Kollegen, noch bevor er in den Sicherheitsdienst gewechselt hatte, die Nase mit einem Faustschlag ins Gesicht gebrochen hatte, weil dieser ihn, immer und immer wieder rassistisch beschimpft hatte. Irgendwann platzte Barlas der Kragen, sodass er ihn gleich nach Dienstschluss auf ihn eingeschlagen hatte. Ja, seine Zündschnur war zwar lang, aber sie hing an Dynamit. Wenn er mal hochging beziehungsweise explodierte, dass so richtig. Sein damaliger Kollege hatte darauf verzichtet ihn anzuzeigen, weil er zu einem Angst hatte und sich von Barlas einschüchtern ließ und zum nächsten gab es jede Menge Augenzeugen, die bestätigen konnten, dass er Barlas ständig mit ausländerfeindlichen Bemerkungen provoziert hatte. Seitdem er den Schlag direkt auf seine Nase bekommen hatte, hatte er nie wieder eine derartig unangebrachte Bemerkung gemacht und ging sogar Barlas aus dem Weg so gut er nur konnte.

Aber auch Verantwortungsmäßig befand Barlas sich ständig im Kampf. Er musste sich Zuhause mit diversen Aufgaben herumschlagen, die das Schicksal ihm plötzlich aufgebürdet hatte. Er musste seine Mutter, sowohl finanziell als auch im Haushalt unterstützen. Deswegen konnte er es sich nicht leisten zu kündigen oder durch irgendwelche Dummheiten den Job zu verlieren. Er wollte es durchziehen bis er es eines Tages zu den UFC Kämpfen geschafft und sowohl seine als auch die Zukunft seiner Mutter gerettet hatte.

Das war alles was er wollte.

Trotz allem, was ihm inzwischen widerfahren war, hatte er immer noch Hoffnung daran. Denn die Hoffnung war sein einziger Treibstoff, der ihn voran brachte. Und im Tank des Lebens, befand sich noch so einiges davon. Einiges, das möglicherweise durch das plötzliche und überraschende Auftauchen seines Vaters sofort verbraucht werden könnte.

Denn Erol, sein Vater, erzählte weiter:

>>*All diese Kinder, aber auch jeden anderen, die dich geärgert oder sich grob dir gegenüber verhalten hatten, hatte ich damals zur Rechenschaft gezogen...Da war dieser Junge aus deiner Klasse, der dir in jeder Pause auf den Hinterkopf geschlagen, dich als „Fuck Norris" bezeichnet und dann ausgelacht hatte...*<<

Barlas blickte nachdenklich nach unten und versuchte sich zu erinnern. Nachdem er ein wenig in seinen Gedanken gegrübelt hatte, wusste er, von wem der Mann vor ihm, der behauptete sein leiblicher Vater zu sein, gesprochen hatte. Der Junge, der ihn damals so gehänselt hatte, hörte auf den Namen Manfred Hochgatterer. Er war ein richtiger Unruhestifter gewesen, weswegen er nicht selten in das Büro der Direktorin bestellt worden war. Seine Eltern wurden so oft vorgeladen, dass es fast schon Rekordverdächtig gewesen war.

Manfred hatte ständig auf Barlas rumgehackt. Bei jeder Gelegenheit pöbelte er Barlas an und brachte ihn unter anderem in unangenehme Situationen. Wie damals als Manfrad während des Unterrichts ein Darmwind entweichen ließ und die Schuld auf Barlas geschoben hatte. Barlas lief vor Scham rot an, weil die gesamte Klasse und auch der Klassenvorstand tatsächlich dachten, dass es er gewesen wäre. Manfred und einiger seiner Freunde, die vielmehr mit ihm zusammen abgehangen hatten, weil sie selber nicht zu seinen Opfern werden wollten und nicht etwa, weil sie ihn mochten, spielten oft mit der Schultasche von Barlas und warfen sie sich wie ein Ball hin und her. Der hilflose Barlas konnte dabei nur zusehen. Manfred zwang Barlas auch immer ihm ein Getränk vom Getränkeautomaten der Schule zu kaufen und drohte ihm mit einer Tracht Prügel, falls er sich weigern sollte. Er nahm auch die Stifte von Barlas einfach so an sich, weil sie ihm besonders gut gefallen hatten. Er bespuckte ihn mit kleinen Kügelchen, die er durch einen Strohhalm hinaus pustete. Und noch viele weitere unzählige Streiche sowie fiese und gemeine Momente ließ Manfred den damaligen Barlas erleben.

>>*Genau diesen einen Jungen...*<<

Fuhr sein Vater fort und erzählte weiter:

>>*...hatte ich damals von seinem Fahrrad stürzen lassen, sodass er sich bei dem Aufprall den rechten Arm gebrochen hatte.*<<

Barlas sah ihn mit geschockten Augen an, während er gleichzeitig dachte -*Das bist du gewesen?*<

Doch es blieb bei diesem einen Gedanken. Er bevorzugte es weiterhin zu schweigen.

>>*Oder, dieser eine Kerl,...*<<

Sprach sein Vater weiter:

185

>>...der euer Nachbar gewesen war. Der, der deine Mutter immer belästigte und ständig versuchte, sich ihr zu nähern. Eines Nachts war ich ihm erschienen und habe ihm so große Angst eingejagt, dass er gleich am nächsten Tag ausgezogen ist.<<
Auch hier musste Barlas ein wenig grübeln, doch schnell fiel ihm der lästige Nachbar wieder ein. Zuletzt hatte er ihn zufällig aus seinem Wohnzimmerfenster beobachten können, wie er in Eile in sein Auto gestiegen und mit Vollgas davon gefahren war. Seitdem hatten sie nie wieder etwas von ihm gehört.
Barlas schüttelte mit dem Kopf und konnte einfach nicht glauben, was im Moment passierte. Er war vollkommen durcheinander. Der Teufel saß die ganze Zeit über ruhig auf seinem Stuhl und genoss die Situation auf eine äußerst fröhliche Weise.
Mittlerweile war er davon überzeugt, dass der Peiniger tatsächlich sein Vater gewesen war. Nachdem er sich wieder gesammelt hatte, fing Barlas endlich zu reden an. Die Tränen in seinen Augen waren wieder getrocknet und ein rosaroter Kreis umrandete seine geschwollenen Augen:
>>Wieso hast du uns einfach so verlassen? Das war kein Grund um einfach so abzuhauen und deine Frau und dein Kind so hilflos zurückzulassen. Wir hätten schon gemeinsam eine Lösung gefunden.<<
Erol senkte beschämend seinen Kopf und antwortete ihm, während er auf den Boden starrte:
>>Ich weiß es war falsch von mir und du kannst mir ruhig glauben, wenn ich dir sage, dass ich es zutiefst bereue und es gerne auch anders gelöst hätte, doch ich war einfach ein dummer und schwacher Mensch. Ich habe den Fehler gemacht und mich auf den Teufel eingelassen. Das hätte niemals passieren dürfen. Denn so habe ich nicht nur meine Seele und mein Leben verloren, sondern auch das wichtigste, das mir je in mei-

nem jämmerlichen Leben widerfahren war...<<
Langsam erhob er den Kopf und blickte in die Augen von
Barlas, der sie erwiderte. Mit zitternden Lippen, brachte Erol
seinen Satz zu Ende:
>>*...meine Familie.<<*
Barlas wollte zum Abschluss nur noch eines wissen:
>>*Und wieso warst du mir dann in der letzten Zeit ständig er-
schienen, hast mich verfolgt und mir sogar deine verfluchten
Köter auf den Hals gesetzt? Wieso hast du das getan?<<*
Seine Stimme wurde bei der letzten Frage deutlich lauter.
Nickend gab Erol seinem Sohn eine Antwort:
>>*Das war nicht ich mein Sohn. Das war der Peiniger. Er war
so besessen darauf, den Thron des Teufel's zu besteigen, dass
er dich unbedingt aus dem Weg räumen wollte. Er wusste von
Anfang an, dass du eine große Gefahr für ihn gewesen warst
und er wollte dich vernichten, noch bevor du dir deiner eigent-
lichen Macht im Klaren sein konntest.<<*
Barlas schwieg und starrte ihn mit fragenden Blicken an.
Die Stimme von Erol wurde erneut so langsam tief und klang
wieder bösartig:
>>*Abgesehen davon, mein lieber Barlas...lag der Grund, wieso
ich unbedingt dem Vertrag mit dem Teufel zugestimmt habe,
daran, dass ich unbedingt all das Geld und all die Macht, die
mir dann zur Verfügung stehen sollten, unbedingt haben wollte. Denn auf der Erde bist du ein Niemand. Es sein denn, du
hast reichlich viel Geld. Erst dann bist du ein Jemand. Denn
wenn du Geld hast, hast du gleichzeitig die Macht alles und
jeden kontrollieren zu können. Selbst die ganz großen. Sei es
Politiker, Juristen, Stars oder sonstige Promis. Einfach jeder
liegt dir dann zu Füßen. Plötzlich hast du unzählige Freunde,
von denen manche dich sogar vergöttern. Du erfährst ganz
plötzlich von Verwandten, von deren Existenz du bis dahin*

nichts gewusst hast. Du bekommst jede Frau, die du nur haben möchtest. Und das alles, weil sie vom Geld angelockt werden, wie ein Hai, der im Ozean ein Tropfen Blut gerochen hat. Sie sind alle käuflich und würden für ein paar Scheine alles tun. Und genau diese Macht wollte ich auch besitzen.<<

Es folgte eine kurze Pause und dann fragte Erol in einem leisen Ton:

>>Nun verrate mir mein Sohn...Hast du deine Seele nicht auch dafür verkauft?<<

Barlas wurde langsam wieder wütend. Das Blut in seinen dämonischen Adern fing zu brodeln an, aber noch hielt er sich zurück.

Erol sprach in dem selben leisen Ton weiter, während er ihn mit finsteren Blicken anstarrte:

>>Du wolltest Karriere als Kampfsportler machen um dadurch ebenso reich und berühmt zu werden. Du wolltest ein besseres Leben. Du wolltest, dass es deiner Mutter besser geht und ihr ein schönes Leben schenken. Und für all das hast du deine Seele an den Teufel verkauft. Du hast dich von ihm verführen lassen wie ich einst...Denn du warst genauso schwach wie ich in diesem Moment...Tja, wie sagt man so schön? Wie der Vater so der Sohn.<<

Er grinste ganz frech und Barlas kochte bereits vor Wut. Mit hasserfüllter und sehr zorniger Stimme sagte er:

>>Das stimmt so nicht. Du hast ja so was von keine Ahnung, wovon du da redest.<<

Kaum hatte er seinen Satz beendet, schon verwandelte er sich erneut in den Dämon Champ und stürzte sich auf Erol, der sich ebenso schnell in den Peiniger verwandelt hatte.

Bei dem Aufprall als sie sich gegenseitig packten, stießen sie dabei eine Schallwelle aus, die selbst den Teufel beeindruckte.

Eine dichte Wolke aus Asche und Sand wirbelte in der dunklen und stickigen Luft umher.

Mit feurigen und steinharten Fäusten prügelten sie unermüdlich aufeinander ein. Da der Peiniger bereits seine Kräfte zur Gänze kannte und sie auch kontrollieren konnte, war er eindeutig im Vorteil gegenüber Barlas, der erst seit Kurzem sein Leben gegen eine finstere und dämonische Zukunft eingetauscht hatte. Doch er machte sich recht gut und hielt gegen den mächtigen Peiniger stand. Er konnte viel einstecken. Er musste sich nur auf die Schläge seines Gegners konzentrieren und immer daran denken, was er in der Iron Fist Gym beim Training und somit beim Sparring gelernt hatte. Er musste den Peiniger nur oft genug auf ihn einschlagen lassen, bis dieser irgendwann ermüdete. Dann würde er schon ordentlich zurückschlagen und ihn zu Boden werfen.

Während Vater und Sohn sich gegenseitig die Seelen, die schon lange nicht mehr ihnen gehörten, aus sich herausprügelten, verfolgte der Teufel auf seinem Platz diesen epischen Kampf. Die ganze Zeit über hatte er den frechsten und provokantesten Grinser in seinem Gesicht, wie nie zuvor. Er genoss die Show bis in jede Faser seines von Gott verfluchten Körpers.

Der Peiniger gab sein bestes und griff Champ so gut an, wie er nur konnte. Er sparte an nichts und setzte alle seine fiesen Tricks ein um ihn zu besiegen und zu vernichten. Er setzte jede Menge dunkle Magie an und holte sich dadurch diverse dämonische Wesen, die einem schwarzen Geist ähnelten, zur Hilfe und ließ sie aus allen möglichen Seiten und Ecken Champ angreifen. Einige von ihnen flogen durch Champ's Körper durch, während andere ihn mit ihren dürren, skelettartigen Händen, die schwarz wie Kohle waren, würgten und an ihm herumzerrten. Mit etwas Mühe schaffte es Champ sie alle mit einem Flammeninferno zu verscheuchen. Winselnd und kreischend verzogen sie sich wieder dorthin, wo sie herausgekrochen waren. Der Peiniger benutzte seine telekinetischen Kräfte und griff Champ an ohne ihn dabei zu berühren. Er schleuderte ihn wild hin und her und stieß ihn dabei mehrmals auf den Boden. Kurz bevor er ihn zu sich holte um ihn am Hals zu packen, konnte Champ sich mit einem ordentlichen Tritt in das Gesicht des Peiniger's befreien und sich von seinem Bann lösen.

Der Peiniger stolperte rückwärts und nach ein paar Schritten fiel er mit dem Rücken voran auf den Boden.

Dabei knallte sein Hinterkopf auf dem sandigen und heißen Boden.

Das war die Gelegenheit für Champ um sich auf die Brust des Peiniger's zu stürzen und ihn mit mehreren Faustschlägen, aber auch mit ein paar kräftigen Schlägen mit seinem Ellenbogen, endgültig K.o. zu schlagen. Einmal links und einmal rechts abwechselnd, verpasste er ihm mehrere und schnelle Schläge in sein Gesicht. Der Kopf des Peiniger's bewegte sich dabei auf und ab wie ein Punchingball.

Nachdem Champ sah, dass der Peiniger vollkommen erschöpft und am Ende seiner Kräfte war, richtete er sich auf, starrte ihn einen Moment an und sagte anschließend mit seiner tiefen dämonischen Stimme:

>>*Ich würde ja sagen, „Fahr zur Hölle!", aber da bist ja bereits schon.*<<

Gleich danach öffnete Champ sein Mund soweit auf wie es nur möglich war und kotzte förmlich das gesamte Feuer, das sich in ihm befand, auf den Leib des Peiniger's, der unter ihm, zwischen seinen Beinen, lag und ihn mit seinen glühenden Augen anstarrte.

Nach nur wenigen Sekunden, löste sich der Peiniger in einem gewaltigen Lavastrom, der einem Wasserfall glich, als dieser aus dem Mund von Champ heraustrat, auf und schmolz elendig dahin.

Nachdem er ihn vernichtet hatte, blieb Champ noch eine Weile an seinem Platz stehen und blickte genau auf die Stelle hinunter, an der noch bis vor wenigen Sekunden, der Peiniger gelegen hatte. Das Wesen, das einmal sein Vater und der geliebte Ehemann seiner Mutter gewesen war.

Er hörte den Teufel hinter sich in seine Hände klatschen und als er langsam zu ihm umdrehte, stellte er fest, dass sie sich wieder zurück im Thronsaal befanden.

Lobend und mit stolzen Schritten, sowie stolzen Blicken, ging der Teufel auf Champ zu und gratulierte ihm:

>>*Gut gemacht mein Junge! Das hast du wirklich sehr gut gemacht! Ich wusste doch, dass du der Richtige für diesen Job warst. Ich hatte mich nicht in dir getäuscht.*<<

Er legte seine große und schwere Hand auf die Schulter von Champ und sagte dabei folgendes:

>>*Ich bin stolz auf dich!*<<

Champ erhob sein Kopf, verwandelte sich dabei zurück zu Barlas und blickte dem Teufel in seine schwarzen und finsteren Augen. Mit ruhiger Stimme wollte er folgendes von ihm wissen:

>>*Du hast also von Anfang an gewusst, dass ich der Sohn von ihm war? Du hast von Anfang an gewusst, dass er mein Vater war?*<<

Der Teufel nahm seine Hand wieder von seiner Schulter ab, nickte langsam mit seinem Kopf und gab ihm eine Antwort:

>>*Ja,...ja, in der Tat. Das wusste ich.*<<

>>*Wieso hast du es mir dann verschwiegen? Wieso hast du mir nichts gesagt all die Zeit über?*<<

Wollte Barlas wissen.

>>*Ich dachte,...*<<

Sprach der Teufel und fuhr mit seiner Erklärung weiter:

>>...dass du vielleicht zögern würdest. Dass du ablehnen würdest.<<

>>Aber, wieso ich? Wieso musste ausgerechnet ich es sein, der gegen ihn antritt und dich gegen ihn beschützt? Wieso hast du dafür nicht jemand anderen auserwählt?<<

Fragte Barlas weiter.

Der Teufel drehte sich um und ging mit langsamen Schritten zu seinem Thron zurück. Als er angekommen war, setzte er sich drauf, starrte einen Augenblick Barlas direkt in die Augen und beantwortete seine Frage:

>>Weil ich es amüsant fand, dass Vater und Sohn, nachdem alle beide mir ihre Seelen verkauft hatten, gegeneinander kämpfen würden...Und so war es auch. Ich habe mich dabei sehr amüsiert.<<

Danach setzte er wieder sein freches und provokantes Lächeln auf. Barlas wurde daraufhin wütend auf den Teufel und war kurz davor ihn anzugreifen, wurde jedoch vom Teufel gestoppt, als dieser den Angriff bereits geahnt hatte:

>>Das würde ich an deiner Stelle lieber lassen mein Junge!<<

Barlas beruhigte sich zwar nicht und war nach wie vor mit gewaltigem Zorn erfüllt, aber er wollte sich noch anhören was der Teufel zu sagen hatte.

>>Wir hatten eine Abmachung. Vergiss das nicht!<<

Fuhr der Teufel fort und sprach weiter:

>>Es war abgemacht, dass du mich vor dem Peiniger beschützt und ich dich dafür damit belohne, dass du der allergrößte Kämpfer in der Geschichte des MMA wirst...Und ich werde meine Abmachung, sowie versprochen einhalten und entziehe dich hiermit von deinen Kräften, die ich dir gegeben hatte...Doch auch deine Seele gehört, nach deinem Tod mir. Dann werdet ihr, du und dein Vater gemeinsam, meine Diener und Sklaven sein...Für immer und ewig.<<

Nun lachte der Teufel in einem sehr grauenhaften und tiefen Ton vor dem wütenden Barlas und seine Brust bebte dabei wie verrückt. Er war eindeutig erleichtert, dass der Peiniger besiegt worden war und, dass sowohl seine als auch die Seele von Barlas nun ihm gehörten. Er triumphierte am Ende als der wahre Sieger, während alle anderen verloren hatten.

Doch Barlas war damit nicht einverstanden und wollte dem Teufel diesen Sieg nicht gönnen. Also warf er folgendes ein:

>>*Ich weigere mich!*<<

Als er das gehört hat, hörte der Teufel sofort zu lachen an. Mit finsteren Blicken starrte er zu Barlas und hörte ihm aufmerksam zu:

>>*Ich weigere mich, dir die Kräfte zurückzugeben!*<<

Rief ihm Barlas zu. Wütend erhob sich der Teufel von seinem Thron, hielt dabei seine Kriegssense fest umklammernd und rief ihm zornig folgendes zu:

>>*Was soll das heißen, du weigerst dich? Wir haben eine Abmachung! Du hast einen Vertrag unterzeichnet und der ist gültig.*<<

Als er das Wort „Vertrag" erwähnt hatte, hatte er gleichzeitig seine freie Hand hoch gehoben und den Vertrag, den er mit Barlas vor einiger Zeit eingegangen war, in seiner Hand erscheinen lassen. Er hielt ihn Barlas entgegen und erinnerte ihn daran:

>>*Hier drauf steht es geschrieben, dass deine Seele nun mir gehört, sobald ich dir deinen Traum erfüllt habe und auch, dass ich dir deine Kräfte wieder entziehen werde.*<<

>>*Das mag ja vielleicht so sein...*<<

Rief ihm Barlas von seinem Platz aus zu und sprach weiter:

>>*...Doch ich ändere die Abmachung und verzichte auf meinen Traum.*<<

Der Teufel konnte nicht fassen, was er da zu hören bekam und

machte ganz große Augen, während Barlas weiter sprach:
>>Ich werde meine neuen Kräfte behalten um dich herauszufordern und dich zu vernichten.<<
Dem Teufel gefiel es ganz und gar nicht, was er da zu hören bekam. Er wurde sehr wütend, weil sich Barlas, genauso wie sein Vater vor ihm, sich gegen die Abmachung gestellt hatte und Forderungen stellte. Doch schon nach einem kurzen Augenblick, beruhigte sich der Teufel wieder, kicherte hinterhältig und sprach folgendes:
>>Du bist ein Narr Barlas Aykan!<<
Barlas hatte erneut fragende Blicke und war ganz gespannt darauf zu erfahren, was der Teufel jetzt wieder verraten wollte.
>>So wie es bei Verträgen üblich ist...<<
Fuhr er fort und sprach weiter:
>>...hat auch dieser hier Kleingedrucktes.<<
Er grinste frech und lächelte etwas lauter um Barlas damit klar zu machen, dass er immer noch am längeren Hebel saß.
Barlas neigte verwundert sein Kopf ein wenig zur Seite und fragte:
>>Was meinst du mit dem Kleingedruckten?<<
Der Teufel ließ den Vertrag wieder genauso in Flammen verschwinden, wie er ihn herbeigezaubert hatte und sagte:
>>Damit meine ich folgendes. Ich hatte bereits geahnt, dass du vielleicht, genau wie dein Vater, dich nicht an unsere Abmachung halten würdest und habe eine kleine Klausel hinzugefügt um den selben Fehler, wie ich ihn bei deinem Vater bereits gemacht hatte, nicht zu wiederholen...So als eine kleine Absicherung, wenn du verstehst.<<
Barlas machte sich so langsam Sorgen und wusste nicht was jetzt als nächstes ihn erwarten würde. Doch der Teufel spannte ihn nicht länger auf die Folterbank und kam zum Punkt:
>>Und zwar geht es bei der besagten Klausel um folgendes,...

Wenn der Fall eintreffen sollte, dass du dich nicht an unsere Abmachung halten solltest, was ja tatsächlich der Fall ist, werde ich mir anstatt deiner...eine andere Seele holen.<<
Nach kurzem Überlegen wollte Barlas wissen, von welcher Seele er da genau gesprochen hatte und erneut mit dem frechen Grinser, antwortete der Teufel:
>>*Es hieß eine Seele für ein Wunsch. Und wenn du auf deinen Wunsch verzichtest, dann darf ich mir die Seele einer anderen Person holen, die dir am nächsten steht. Denn so oder so, bekomme ich meine Seele.*<<
Und erneut musste Barlas über diesen Teil des Vertrages beziehungsweise über diese Klausel, den der Teufel als den Kleingedruckten bezeichnete, nachdenken. Und dann, als ihm klar wurde, wen oder was der Teufel damit meinte, als er von der Person sprach, die ihm am nächsten liegen würde, wurde ihm klar, dass er damit seine Mutter meinen musste. Denn sie war die einzige Person in seinem Leben, die ihm am nächsten gestanden hatte. Er begann vor Angst zu schwitzen und starrte mit entsetzlichem Ausdruck in seinem Gesicht und Tränengefüllten Augen den Teufel an, der seine Blicke mit einem sehr provokantem Lächeln erwiderte.
Mit bebenden Lippen und stotternd versuchte Barlas einen anständigen Satz auf die Reihe zu bekommen:
>>*M-m-meinst du-du etwa d-da-damit m-m-meine Mut-mut-Mutter?*<<
In einem leisen, fast schon flüsterndem Ton, antwortete der Teufel:
>>*Ganz recht! Ich meine damit deine Mutter.*<<
Barlas wurde richtig wütend und kochte bereits vor Zorn. Er spannte sämtliche Muskeln an seinem Körper an und sagte, mit zusammengebissenen Zähnen, sodass sich gerade mal seine Lippen bewegten folgendes:

>>Halt bloß meine Mutter aus dieser Sache heraus! Hast du das kapiert? Oder ich zerfleische dich genau so, wie ein blutrünstiger Werwolf seine Beute zerfleischt.<<

Der Teufel konnte nicht anders und musste herzhaft lachen, nachdem er sich diese, allem Anschein nach, vollkommen harmlose Bedrohung anhören musste.

Barlas kam sich in diesem Augenblick wie ein kleines Kind vor, das von einem Erwachsenen, der ihm einen banalen Münztrick vorführte, indem er diesen „verschwinden" ließ und ihn hinter seinem Ohr wieder „herbei zauberte", obwohl das Kind ganz genau wusste, dass es von dem Zauberer auf den Arm genommen wurde und die ganze Zeit über die Münze zwischen seinen Fingern versteckt hielt.

Nachdem er sich wieder eingekriegt hatte, sagte der Teufel folgendes:

>>Es ist bereits zu spät...Und du kannst daran nichts mehr ändern.<<

Sowie er zu Ende gesprochen hatte, erschien ganz plötzlich, direkt neben ihm Esra, die Mutter von Barlas. Doch sie schien nicht bei sich zu sein und mitzukriegen, was sich gerade abspielte und wo sie sich in diesem Moment befand. Ihre Augen waren geschlossen, so als würde sie schlafen und sie bewegte sich kein Bisschen. Sie war in einer Art Trance gefangen und schwebte, ohne etwas zu ahnen, neben dem Teufel in der Luft.

Als Barlas seine Mutter in diesem schrecklichen Zustand sah, lief er knallrot an. Er ballte seine beiden Hände so fest zu Fäusten zusammen, als würden sie jeden Moment explodieren. Sowohl die Adern in seinem Hals als auch die auf seiner Stirn, pressten sich so sehr unter seiner Haut hervor, sodass man sie mit bloßen Fingern fühlen, sogar greifen konnte. Sie wirkten so, als würden sie jeden Moment platzen. Seine Augen liefen ebenso blutrot an, wie seine Haut und zitterten vor Wut in ihren

196

Höhlen, so als würden sie unter Elektroschock stehen. Zwischen seinen Lippen trat jede Menge Speichel hervor, die sich den Weg durch seine Zähne, die er fest zusammengebissen hatte, hindurch ins Freie bahnten und ließen ihn dabei wie eine tollwütige Bestie aussehen.

So viel Wut, so viel Zorn und so viel Hass hatte er niemals zuvor in seinem Leben gefühlt. Noch dazu alle gleichzeitig im selben Moment. Er war wie ein Fass voller Schießpulver, den man nur noch anzünden musste und schon würde er explodieren und alles in seinem nahegelegenen Umkreis auslöschen. Während Barlas vor Wut und Zorn brodelte, lachte der Teufel, die ganze Zeit über mitten in sein Gesicht und provozierte ihn dadurch umso mehr.

Schlussendlich platzte Barlas endgültig der Kragen und er schrie den Teufel an, wie er noch nie jemanden angeschrien hatte:

>>*DU VERFLUCHTER MISTKERL! WAS HAST DU MIT IHR ANGESTELLT? LASS SIE SOFORT WIEDER FREI ODER ICH VERNICHTE DICH AUF DER STELLE!*<<

Der Teufel schien von dem Geschrei und den Androhungen nicht besonders beeindruckte zu sein, woraufhin er mit einem ruhigen Ton folgendes sagte:

>>*Es ist einzig und allein deine Schuld Barlas. Du allein wolltest, dass es so kommt. Hättest du dich, wie vereinbart, an unseren Pakt gehalten, dann würde deine liebe Mutter immer noch zu Hause in ihrem gemütlichen, kuscheligen und einsamen Bett weiter schlummern. Nun gehört sie für immer und ewig mir. Denn so steht es im Vertrag geschrieben.*<<

Er beendete seinen Satz mit einem frechen kichern, worauf hin Barlas umgehend seine dämonische Gestalt annahm und sich direkt auf den Teufel stürzte. In diesem Augenblick hatte er nichts anderes im Sinn gehabt, den Teufel in sämtliche Einzelteile zu zerstückeln, seine Mutter zu retten und gemeinsam mit ihr nach Hause zu gehen.

Jedoch handelte es sich bei seinem Gegner schließlich um den Teufel höchstpersönlich. Und der Teufel war selbstverständlich auf diese Reaktion von Barlas gewappnet gewesen. So hob er seine freie Hand hoch, sodass die Handfläche in die Richtung von Champ zeigte und brachte ihn dadurch abrupt zum stehen. Champ konnte sich keinen Millimeter mehr bewegen und verharrte in seiner Angriffsposition. Er war wie gelähmt. Der Teufel lachte und sagte anschließend:

>>*Auch das habe ich natürlich kommen sehen und hatte in unserem Vertag noch folgendes vermerkt. Nämlich, sobald ich die Seele einer geliebten Person von dir nehme, wirst du, damit du mir weiterhin keine Gefahr mehr sein kannst, für immer von der Hölle verbannt werden. Du wirst von nun an bis in aller Ewigkeit auf der Erde herum wandeln bis du wahnsinnig wirst. Denn das wirst du bestimmt, mein lieber Barlas. Da du mit sofortiger Wirkung aus der Hölle verbannt worden bist und dir genau so der Zutritt in das Paradies nicht gestattet ist, weil du ja ein Pakt mit mir, dem Teufel, geschlossen und mir deine Seele angeboten hast, wirst du für immer und ewig auf Erde verweilen...Jetzt gehörst du offiziell auch zu den Verfluchten und Verbannten. Doch du wirst dennoch mein großer Champion bleiben.*<<

Mit einem großen Lacher beendete der Teufel seine Ansage. Champ war immer noch wie steif gefroren und musste sich all diese schrecklichen Worte des Teufel's anhören.

Er konnte absolut nichts dagegen unternehmen. Er war machtlos gewesen.

Der Teufel bewegte seine Hand ruckartig hinauf und gleichzeitig wurde Champ, wie eine Rakete, in die Luft geschleudert, sodass er auf dem direkten Wege bis nach Hause hinaufgesogen wurde, wie von einem riesigen Staubsauger. Als er aus dem Boden seines Zimmer wieder herausgeschossen kam, knallte er sehr hart und mit voller Wucht an die Decke, sodass sämtliche Gegenstände wackelten als gäbe es ein Erdbeben, und fiel dann, mit dem Gesicht voran, auf den Boden. Noch am Boden liegend, verwandelte er sich zurück und kam langsam wieder zu sich. Mit einer Hand fasste er sich auf den Kopf und schüttelte ihn gleichzeitig. Nach einem kleinen Seufzer versuchte er aufzustehen und realisierte sofort, nachdem er wieder auf seinen Beinen stand, was geschehen war. Sofort senkte sich seine Körpertemperatur bis zu Minusgraden und sein Gesicht wurde kreidebleich. Kühle Schweißtropfen rannten ihm darüber und er starrte fassungslos und in Gedanken vertief in die Leere. Doch dann, ganz plötzlich, lief er mit totaler Besorgnis in das Schlafzimmer seiner Mutter um nach ihr zu sehen. Doch als er die Tür zu ihrem Schlafzimmer mit voller Kraft öffnete und hineinstürmte als müsste er ein Kind aus einem brennenden Zimmer retten, stellte er bestürzt fest, dass das Bett von seiner Mutter leer war. Sie war nicht auf dem Bett und hatte geschlafen, sowie sie es eigentlich tun sollte. Denn es war immer noch spät in der Nacht gewesen. Die Sonne hatte noch genau 1 Stunde bis zu ihrem Aufgang und der Ankündigung eines neuen Morgens.

Barlas zitterte am ganzen Körper und seine Knie wurden ganz weich. Sie glichen Marshmallows, die eine schwere Last zu tagen hätten, was physikalisch gar nicht möglich sein konnte. Er konnte nicht mehr stehen und fiel auf seine Knie. So wie seine Knie auf dem harten Boden aufkamen, fing er zu weinen und zu schluchzen an. Zwischendurch winselte er nach seiner Mutter und bat sie mehrmals um Verzeihung. Immer und immer wieder wiederholte er seine Worte. Er bereute den Fehler, den er von Anfang an hätte nicht tun sollen. Wie konnte er denn nur so naiv sein und sich auf ein Handel mit dem Teufel niederlassen? Wie konnte er nur daran glauben, was der Teufel ihm gesagt hatte? Wie konnte er nur auf die Idee kommen, seine Seele an ihn zu verkaufen?

Erst in diesem schrecklichen und tragischen Augenblick wurde ihm so einiges klar, doch es war bereits viel zu spät. Am Ende hatte er verloren. Genau wie sein Vater es ihm bereits gesagt hatte, hatte er seine Seele, sein Leben, aber vor allem seine Mutter verloren. Es war ein viel zu großes Spiel mit einem viel zu hohem Einsatz gewesen. Wie konnte er nur denken, dass er den Teufel überlisten könnte?

Doch Barlas würde niemals aufgeben zu versuchen, seine Mutter zu retten. Er würde ganz bestimmt einen Weg zurück zur Hölle finden, sich dem Teufel stellen, ihn besiegen und seine Mutter zurückzuholen.

Er versuchte nicht durchzudrehen. Er versuchte einen klaren Verstand beizubehalten um sich auf die Rettungsmission seiner Mutter vorbereiten zu können. Schließlich war er nun zur Hälfte ein Dämon. Damit müsste er doch irgendetwas anstellen können. Mit diesen optimistischen Gedanken wischte er sich seine Tränen sowie seinen Rotz ab, stand auf und machte sich sofort an die Arbeit.

Barlas war fest davon entschlossen seine Mutter, koste es was es wolle, wieder zurückzubringen. Schließlich hatte er nichts mehr zu verlieren. Selbst er war verloren.

Und weil er nicht mehr des Teufels Champion sein wollte, änderte er seinen Dämonennamen und nannte sich fortan Afil. Es bedeutete, der Verlorene.

EPILOG

Während Barlas Aykan also versuchte einen Weg zu finden um seine Mutter zu retten, geschah auf der restlichen Welt etwas vollkommen anderes.

Denn die Welt wurde von einem riesigen Dämon bedroht, der vor hatte sie zu vernichten. Ein Dämon, der über viele tausende Jahre, abgeschnitten von der Menschheit, in irgendeiner Höhle, tief unter der Erde gefangen und angekettet war und es am Ende geschafft hatte sich zu befreien. Und so wie er sich befreit hatte, wurde er sofort zu einer Plage über die gesamte Menschheit. Er drohte ihnen mit der Auslöschung ihrer Existenz und ebenso der Vernichtung des gesamten Planeten Erde.

Es dauerte nicht lange und er verriet der Menschheit wer er war und wieso er auf die Erde gekommen war.

So erfuhr die gesamte Welt, dass es sich bei ihm um eines der drei mächtigen Dschinnbrüder namens Dijhul handelt. Seine zwei Brüder Rajhul und Nifthul wurden bereits vor einiger Zeit von Barlas Aykan, der jetzt Afil hieß, vernichtet.

Dijhul, der eine rötliche Haut und schwarze lockige Haare hatte, sah viel menschlicher aus als seine Brüder. Der einzige besondere Merkmal an ihm war sein einzig noch gut funktionierendes rechtes Auge. Denn das linke wurde ihm bereits bei dem Kampf vor tausenden von Jahren ausgestochen, wodurch sich an genau dieser Stelle nur noch eine leere Augenhöhle befand, die zu einem kleinen Schlitz zusammen gewachsen war.

Dijhul, dessen Plan es von Anfang an gewesen war, die Erde und die Menschheit zu vernichtet, war nun seinem Ziel viel näher gekommen als vor vielen tausenden Jahren, bevor er, von einem damaligen Krieger, der sehr mächtig gewesen war, besiegt und verbannt worden war. Dieser Kampf hatte seinem Herausforderer zwar das Leben gekostet, aber kurz vor seinem

Tod, schaffte er es zumindest Dijhul, mittels der göttlichen Magie, die ihm verliehen worden war, gefangen zu nehmen.

Nachdem der Zauber vorüber war und nicht mehr wirkte, konnte Dijhul genau dort weitermachen, wo er aufgehört hatte.

Er war bis nach Istanbul, Türkei, gewandert und hatte sich dort niedergelassen um mit der Vernichtung der Erde zu beginnen.

Doch kurz nachdem er begonnen hatte, alles in Schutt und Asche zu legen, erschienen ganz plötzlich zwei Lichtstrahlen am Himmelsfeld, die direkt den Ort erleuchteten, an der Dijhul sein Unwesen trieb.

Bei näherer Betrachtung konnte er zwei Gestalten erkennen, die direkt unter den Lichtstrahlen standen und heller leuchteten als die Sonne.

Sobald das helle Licht abgenommen hatte und die Lichtstrahlen verschwunden waren, standen zwei Männer direkt vor Dijhul und starrten ihn mit zornigen Augen an.

Bei den zwei Männern, die wie vom Himmel herabgesandt worden schienen, handelte es sich um die zwei Archäologiebrüder Hamza Metin und Hazar Ihsan, die vor einiger Zeit auf eine mysteriöse Art und Weise verschwunden waren, nachdem sie eine vergoldete Kiste in der Antarktis entdeckt hatten.

Jetzt waren sie wieder aufgetaucht. Die beiden Brüder waren von oben bis unten mit einer sehr speziellen Kampfausrüstung, sowie außerordentlich glänzenden Schwertern ausgestattet gewesen und forderten Dijhul zum Kampf heraus. Dijhul, der sich für einen Moment in Schockstarre befand, als er die beiden gut ausgerüsteten und bewaffneten Männer vor sich stehen sah und es ganz offensichtlich nicht erwarten konnten ihn zu bekämpfen, musste an sein Kampf vor vielen tausenden Jahren zurückdenken. Damals wurde er von einem einzigen Mann bekämpft, aufgehalten und für viele Jahre verbannt. Doch jetzt waren es zwei Männer, die zudem noch viel mächtiger zu sein schienen als ihr Vorgänger. Doch Dijhul wollte sich nicht länger einschüchtern lassen und war fest davon entschlossen, seine beiden Herausforderer zu vernichten. Also sammelte er all seine Kräfte zusammen und ging zum Angriff über. Obwohl er so ein Riese war, konnte er sich sehr schnell bewegen.

Als die beiden Brüder Hamza Metin und Hazar Ihsan gesehen hatten, dass Dijhul auf sie zuraste, hoben sie beide ihre glänzenden Schwerter in die Höhe, machten sich bereit und gingen zum Gegenangriff über.

Sie liefen ihm, mit Kriegsgeschrei, direkt entgegen und hatten nicht vor aufzuhören bis sie Dijhul endgültig vernichtet hatten.

Ein epischer und gewaltiger Kampf hatte begonnen.

ENDE

AN DAS VOLK
DER ÖSTERREICHISCHEN REPUBLIK

Der Adler wird ewig fliegen.
Von hoch über den Wolken, wird er den Frieden bringen.
Mit weit ausgespannten Flügeln, wird er das Volk beschützen.
Er wird über jeden einzelnen wachen und er wird sie zum
Lichte führen.

Akif Turan

WEITERE BÜCHER

- KARA KURT VE KIZIL SACLI KIZ – Märchen
- TOTE NACHT GESCHICHTEN – Gruselgeschichten
- DER ERLÖSER – Psychothriller
- SOPHIA'S RACHE – Horror
- REBELLION DER KINDER – Thriller
- HUNT THE DEAD – Horror-Thriller
- AUF DER JAGD!
  MEMOIREN EINES RÄCHERS -Thriller
- MEINE ERLEBNISSE, GANZ KURZ